www.mayabook.co.kr

www.mayabook.co.kr

www.mayabook.co.kr

일구이언 이부지자

일구이언 이부지자 ❸

지은이 | 이문혁
펴낸이 | 권순남
펴낸곳 | (주)마야 · 마루출판사

등록 | 2008. 1. 7(제310-2008-00001호)

초판 인쇄 | 2009. 2. 16
초판 발행 | 2009. 2. 19

주소 | 서울시 노원구 상계 1동 1049-25 신영산업 BD 602호
대표전화 | 02-2091-0291
팩스 | 02-2091-0290
이메일 | marubooks@hanmail.net

ISBN | 978-89-5974-363-6(세트) / 978-89-5974-405-3
정가 | 8,000원

잘못된 책은 교환하여 드립니다.
저자와 협의하여 인지를 붙이지 않습니다.

일구이언 이부지자 ③

이문혁 신무협 장편소설

마루&마야

목차

프롤로그 …007

제1장. 견강부회(牽强附會) …019
 - 이치에 맞지 않는 말을 억지로 끌어 붙여
   자기주장의 조건에 맞도록 함

제2장. 부화뇌동(附和雷同) …043
 - 제 주견이 없이 남이 하는 대로 그저 무턱대고 따라 함

제3장. 설왕설래(說往說來) …069
 - 서로 변론(辯論)을 주고받으며 옥신각신함

제4장. 역지사지(易地思之) …091
 - 처지를 바꾸어 생각함

제5장. 자강불식(自强不息) …117
 - 스스로 힘쓰고 쉬지 아니함

제6장. 염량세태(炎凉世態) …145
 - 권세가 있을 때는 따르고,
   권세가 없어지면 푸대접하는 세속의 인심

제7장. 양두구육(羊頭狗肉) …179
- 양의 머리를 내걸고 개고기를 판다는 뜻으로
  겉은 훌륭하나 속은 변변치 않음

제8장. 마이동풍(馬耳東風) …199
- 남의 말을 귀담아듣지 아니하고 지나쳐 흘려버림

제9장. 아전인수(我田引水) …225
- 제 논에 물 대기. 자기에게 유리하도록 행동하는 것

제10장. 오월동주(吳越同舟) …251
- 사이가 좋지 못한 사람끼리도
  자기의 이익을 위해서는 행동을 같이한다.

제11장. 고육지계(苦肉之計) …277
- 적을 속이기 위해
  자신의 희생을 무릎 쓰고 꾸미는 계책

외전-그리고 그들만의 사정(1) …309

일구이언 이부지자

프롤로그

* 이야기

一. 어떤 사물이나 사실, 현상에 대하여 일정한 줄거리를 가지고 하는 말이나 글.

二. 자신이 경험한 지난 일이나 마음속에 있는 생각을 남에게 일러주는 말.

三. 어떤 사실에 관하여, 또는 있지 않은 일을 사실처럼 꾸며 재미있게 하는 말.

옛날 옛적에 호랑이가 담배를 피우기도 전에 이야기를 잘하는 사람이 살고 있었다. 이 사람은 사물에 관해서든 현상에 관해서든 누구보다 잘 설명하고 잘 전달할 수 있는 능력을 지니고 있었다. 그러나 그가 이야기할 수 있는 것들은 언제나 한정적이었고 뭔가 더 이야기를 하고 싶어도 아는 게 적으니 자신의 재능이 빛을 보지 못하고 있다고 투덜거리며 살고 있었다.

하루는 여행을 다니던 나그네 한 명과 나무 밑에서 휴식을 취하게 되었다. 이런저런 대화를 나누던 중, 상대가 들려주는 세상 곳곳의 경험에 감동을 받은 이 사내는 자신의 호기심을 충족시키기 위해 나그네의 경험담을 모두 듣기로 했다.

먼 곳에 나가보지 못하고 자신이 태어난 곳에서 벗어나지 못했던 그는 나그네의 이야기를 통해 과거에서 현재에 이르기까지 수많은 정보를 접할 수 있었고, 그러다 보니 나그네의 인생에 대해 모르는 것이 없게 되었다.

사내는 나그네에게 자신은 정말 심심하고 평범한 인생을 살고 있다며 부러운 표정을 보였다. 한숨을 내쉬며 지겨울 정도로 단조로운 자신의 인생을 투덜거리던 사내는 억울한 심정이 들기도 했다. 사내는 생각했다.

'나는 왜 이 사람처럼 다양한 경험과 세상을 알지 못하고 살았던 걸까.'

사내는 좁은 공간에 갇혀 우물 안 개구리처럼 살아야 했던 자신의 인생이 너무나도 싫고 괴로워졌다.

'나는 왜 이 사람처럼 하지 못하는 것일까.'

사내는 나그네처럼 용기를 내 세상 밖으로 나가지 못한 것에 인생을 헛살았다는 생각이 들었다.

'나는 이 사람처럼 될 수 없는 것일까.'

사내는 생각을 거듭할수록 자신의 인생과 나그네의 인생을 뒤바꾸고 싶다는 생각이 들기 시작했다. 그러나 나그네가 자신이 될 수 없고 자신이 나그네가 될 수 없는 것은 당연한 일.

'불가능한가?'

사내는 나그네의 인생에 묘한 질투의 감정이 일었다. 질투는 곧 분노가 되었고, 분노는 해서는 안 될 행동까지 하게 만들어 결국 나그네를 때려죽이고 말았다.

정신없이 나그네의 머리와 얼굴을 돌로 내려치던 사내는 자신의 손이 피범벅이 돼서야 번뜩 정신을 차렸다.

'내가 지금 무슨 짓을 한 건가!'

사내는 서로 다른 인생의 굴곡을 인정하지 못한 나머지 질투에 사로잡혀 사람을 죽이고 만 것이다.

'아니, 이것이야말로 기회다. 내가 아닌 다른 사람의 인생을 살아볼 수 있는 절호의 기회가 왔다.'

사내는 나그네가 오랜 세월 고향을 떠나 있었음을 잘 알고 있었다.

'나그네 스스로도 말했지 않은가. 가족을 만난다 해도 자신이 누구인지 알아보지 못할 것이라고. 거기다 나이도 비

숫하고 체형도 비슷한 데다 생김새도 그럭저럭 닮았으니 그의 인생을 대신 사는 게 불가능하지 않을 것이다.'

사내는 스스로 나그네가 되어 그의 인생을 빼앗기로 마음먹자, 사람을 죽였다는 죄책감은 망각해버린 채 희열에 불타올랐다.

사내는 나그네의 옷과 물건을 자신의 것과 바꾸더니 시체를 언덕 밑에 밀어버리고 즉시 길을 떠났다.

가족과 친구들에게 작별 인사라도 하고 갈까 하는 생각이 들었지만 부질없는 짓이라 느껴졌다. 마음이 약해질 것 같았기 때문이다. 본래의 자신은 길을 떠날 용기가 없었지만, 자신이 아닌 나그네를 대신하고자 한다면 용기는 필요치 않았다. 그저 부럽기만 했던 나그네의 인생을 대신 살아볼 수 있다는 욕망만으로도 모든 게 충족이 되었다.

사내는 이야기를 잘하는 자신의 능력을 이용해 나그네가 살아가야 했을, 또 만나야만 했던 사람들을 대신 만나며 마치 세상 곳곳을 돌아본 사람처럼 그렇게 행동하고, 또 그것을 만끽했다.

그렇게 세월이 흐르고 또다시 세월이 흘러 사내는 자신이 처음 나그네를 만나고, 또 길을 떠났던 그 나무에 도착했다. 사내는 자신이 겪었던 수많은 일들과 모험담을 고향 사람들에게 들려주고, 그것이 얼마나 대단한 시간들이었는지 자랑을 하고 싶어졌다.

"여기를 보시오!"

사내는 환한 웃음을 지으며 마을 사람들에게 입을 열었다. 그리고 자신이 겪었던 기기괴괴한 모험들과 세상 밖의 이야기들을 무려 칠 주야에 걸쳐 이야기했다. 사람들은 환호를 하기도 하고 박수를 치기도 하고 눈물을 흘리기도 하며 사내의 이야기에 흠뻑 빠져들었다.

그리고 이야기가 끝나고 마을 사람들이 자신의 집으로 돌아갔을 쯤 얼굴에 두건을 두른 사내 한 명이 조심스럽게 다가왔다. 사내는 두건을 두른 사내가 자신을 요상한 눈빛으로 바라보자 표정이 좋지 않게 변했다.

"아니, 왜 그런 얼굴로 나를 보는 것이오?"

사내가 물었다.

"그대가 불쌍해서 그렇다오."

"내가 왜 불쌍하다는 것이오?"

"나를 자세히 보시오. 내가 누군지 모르겠소?"

사내는 자신을 모르겠느냐며 앞으로 걸어 나온 사내를 살펴보다 깜짝 놀랐다. 오래전 자신이 돌로 때려 죽였던 바로 그 나그네가 살아 있었던 것이다.

"그대는… 그대는……."

"그렇소. 그때 나무 밑에서 함께 휴식을 취했던 사람이 바로 나요."

"하지만 그대는 내 손에 죽었지 않소!"

사내는 도저히 있을 수 없는 일이라며 언성을 높였다.
"죽었다고 믿은 것이겠지."
사내는 나그네가 무슨 말을 하는지 모르겠다며 당황스런 표정을 지었다.
"그대가 나를 대신해 세상을 떠돌며 허송세월을 보내는 동안, 나는 그대의 가족과 아내와 아이를 얻어 일가를 이루었다오."
"말도 안 돼!"
"그대가 내 인생을 대신 사는 건 말이 되고 내가 그대의 인생을 대신 사는 건 왜 불가능하다고 생각하는 거요?"
"……"
사내는 순간 말문이 막혔다.
"물론 그대의 인생을 대신 살 수 있게 된 것은 그대가 내 얼굴을 망가트렸기 때문에 가능한 일이었소. 한동안 기억을 잃은 척 조심스럽게 주변을 살피며 살았소. 그리고 기회가 오자 그대의 인생을 이어받은 것이라오."
사내는 자신이 자리를 비운 사이 자신의 자리에 들어가 앉은 나그네의 모습에 뭐라고 말해야 할지 판단이 서지 않았다.
"그대는 나의 인생을 대신 살면서 무엇을 얻었소?"
나그네가 사내에게 질문을 던졌다.
"나는 세상을 구경하고 신기한 경험을 했으며, 또 남들이 모르는 지식들을 얻었소."

사내는 자랑스럽게 대답했다.

"그래서 지금 행복하오?"

"나는 행복하오!"

사내는 행복하냐고 묻는 나그네의 질문에 당연한 것 아니냐며 응수를 했다.

"그렇다면 다행이오. 나는 그대가 다시 돌아와 내 자리를 내놓으라고 할까 봐 얼마나 걱정했는지 모르오. 그대는 그것이 행복이니 그렇게 계속해서 세상을 떠돌아다니시오."

사내는 나그네의 말에 발끈한 표정이 되었다. 자신의 집이 있고 가족이 있고 아내와 자식이 있는데 계속 세상이나 떠돌아다니라니, 말도 안 되는 소리였다. 사내는 나그네가 말했던, 또 자신을 세상 밖으로 내몰았던 말을 내뱉으며 나그네를 노려봤다.

"그대가 말하지 않았소. 세상 밖에 나가면 진귀한 것들을 알게 된다고."

사내는 그 진귀한 것을 애타게 찾아다녔지만 결국은 찾지 못했는지 따지듯 물었다.

"물론이오. 세상에 나가게 되면 내가 본래 가지고 있던 것들이 얼마나 진귀하고 소중한 것인지 알게 되는 것은 당연한 일 아니오."

"그게 무슨……."

"많이 알면 알수록 고민은 늘게 되고, 인연을 만들고 경험이 늘어갈수록 은원 역시 늘어만 가니 이 얼마나 피곤한 삶인지. 나는 수많은 적들이 생겨나 고향에 돌아가고 싶어도 돌아갈 수 없었고, 나를 나라고 말할 수도 없는 지경에 이르렀었소."

"……."

"그러나 당신의 얄팍한 욕심 덕분에 다시는 손에 넣지 못할 것이라 생각했던 이 진귀한 것들을 모두 얻었으니 어찌 행복하지 않겠소. 나는 그대에게 고마움을 느끼고 있소. 나를 대신해 살아주었고 나를 대신해 나의 적들을 상대해주었으며 나를 대신해 이제 이곳에서 목숨을 잃을 것이니, 나는 그대가 포기한 모든 것 덕분에 평화를 얻었고 사랑을 얻었소. 남은 생은 낭비하지 않고 이렇게 살아갈 생각이오."

"대, 대신해 죽다니!"

사내는 말도 안 되는 소리라며 다시 언성을 높였다.

"그대는 고향에 돌아오지 말았어야 했소."

나그네는 사내의 부모와 아내와 자식이 기다리고 있는 쪽으로 걸음을 옮기기 시작했다.

사내는 뭐가 어떻게 돌아가는 건지 설명이라도 해달라며 소리를 질렀다. 사내의 말에 나그네가 고개를 돌렸다.

"나는 그대가 돌아온 것을 아는 순간 내 모든 것이 사라질까 두려워 과거 나의 적들에게 연락을 했다오."

"무슨 연락을 했다는 것이냐!"

"내가 이곳에 있으니 은원을 갚고 싶다면 지금이 기회라고……."

"……."

사내는 나그네의 말에 할 말을 잃은 듯 말까지 더듬거렸다.

"그대가 부러워한 삶이었으니 그 삶에 대한 결과도 그대의 것이 되는 건 당연한 이치. 다른 이의 인생을 빼앗겠다는 욕심 때문에 이리된 것이니 누굴 원망하겠소. 과거 내가 해준 이야기 중에 이런 말이 기억날 것이오."

'주어진 것도 누리지 못하는 자들은 기필코 누리지 못한 것을 탐하다가 모든 것을 잃는다.'

제1장. 견강부회(牽强附會)

견강부회(牽强附會)

―이치에 맞지 않는 말을 억지로 끌어 붙여 자기주장의 조건에 맞도록 함

추적추적 내리는 빗소리, 그리고 무거운 침묵.

진하석의 막사 안은 묘한 정적에 빠져들었다. 인생을 바꿔 버린 어리석은 사내의 이야기는 관치는 물론이고, 진하석과 지운까지 입을 다물게 만들었다. 종종 이야기에 끼어들어 깐죽대던 이들도 이번만큼은 입을 꾹 다문 채 조용히 눈치만 볼 뿐이다.

"내 이야기는 재미가 없나 보군."

묵직하면서도 차가움이 느껴지는 목소리가 침묵을 깨며 막사 안에 울려 퍼졌다.

"역시 그대의 이야기를 계속 듣는 게 좋겠어."

목소리의 주인공은 우두둑 소리가 나도록 목을 움직이더

니 관치를 바라봤다. 관치는 난데없이 나타나 자신의 이야기를 끊어버리더니 엉뚱한 이야기로 분위기를 바꿔놓은 사내와 눈을 마주쳤다.

"무슨 연유로 그런 이야기를 했는지 모르겠지만, 최소한 자신이 누구인지 정도는 밝히는 게 예의가 아니오?"

관치는 대뜸 막사 안으로 들어오더니 털썩 주저앉아버린 두 사람에게 불편한 심기를 드러냈다. 물론 그냥 그런 놈들이 들어왔다면 당장에 사단이 났겠지만, 막사에 들어선 두 사람의 모습이 누구도 선뜻 나설 수 없게 만들었다.

두 사람 모두 엄청난 덩치의 소유자였는데, 한 사람은 뒷짐을 진 채 막사 안을 훑어봤고 다른 한 사람은 족히 6자는 돼 보이는 거대한 장검을 들고 들어와 은연중 사람들을 압박한 것이다.

"크크크, 내가 누군지도 모르면서 지금까지 내 이야기를 한 것이오?"

사내는 웃기지 않느냐는 듯 자신의 일행을 바라봤다. 막사 안에서 이야기를 듣고 있던 이들은 관치가 사내의 이야기를 했다는 말에 당황스런 표정이 되었다.

"무슨 말씀인지?"

진하석은 조심스럽게 질문을 던졌다.

"우리는 화산의 검객들이오."

진하석의 질문에 장검을 들고 있는 사내가 입을 열었다.

진하석은 물론이고, 막사 안에 있던 사람들은 두 사람이 화산파 사람이란 말에 식은땀이 주르륵 흘러내렸다. 두 사람이 언제부터 이곳에 있었는지는 모르겠지만, '자신의 이야기' 운운하는 것을 보면 오랫동안 관치의 이야기를 듣고 있었단 말이었다. 거기다 관치의 이야기 속에서 화산파와 연관된 내용은 모조리 화산검협 연준하에 대한 것이었고, 방금 전 스스로 자신의 이야기라고 말한 자가 화산파의 검객이라면 그가 어떤 이름을 가지고 있을지 정도는 세 살 먹은 아이라도 깨달을 수 있는 일이었다. 진하석은 순간적으로 심장이 멎는 느낌을 받아야 했다.

"화… 화산 거… 검협……."

 진하석은 관치의 이야기를 듣는 동안 연준하의 등장 부분에서 헛소리는 하지 않았었는지, 연준하가 망가지는 모습에 희열은 보이지 않았었는지 부지런히 되짚어봤다. 자칫하면 용선표국이 통째로 사라질 수도 있었다.

"그렇다. 내가 검협 연준하다."

 뒷짐을 지고 있던 사내는 피식 웃음을 보이며 진하석과 관치를 바라봤다.

 진하석은 이 사태를 어떻게 진정시켜야 할지 판단이 서지 않아 연방 말을 더듬거렸고, 연준하에 대한 이야기를 들으며 헤헤거렸던 이들 역시 마른침을 삼키며 얼굴이 하얗게 질리기 시작했다. 금방이라도 6자 길이의 거대 장검이 막사 안을 헤집을 것 같은 살벌한 분위기.

"웃기고 있네."

관치는 장난하지 말라며 스스로 검협이라고 정체를 밝힌 사내를 향해 콧방귀를 날렸다.

"과… 관치, 그대는 지금 무슨 소리를……."

진하석은 미쳤냐는 듯 관치를 향해 손을 내저었다.

"거기 아미파 분, 이름이 지운이라고 했던가요?"

지운의 시선이 관치 쪽으로 이동했다.

"그대가 아미의 제자라면 한 번쯤 화산검협을 봤을 것이오. 그렇지 않소?"

관치는 주변 사람들의 반응엔 아랑곳하지 않고 지운을 향해 질문을 던졌다. 사람들의 시선이 순식간에 지운 쪽으로 몰렸다. 지운은 작게 고개를 끄덕였다.

"역시. 그렇다면 저 사람이 검협인지 아닌지 확인해줄 수 있겠군."

관치는 대범하게도 손가락을 들더니 자칭 연준하라고 외친 덩치 큰 사내를 가리켰다.

"먼 곳에서 스치듯 보았을 뿐이라 정확하진 않습니다. 하지만 당시 기억으로는……."

"기억으로는?"

"덩치가 이렇게 크지는 않았던 것 같군요."

지운의 입에서 검협이 아닐 수도 있다는 말이 흘러나오자 막사 안의 분위기가 또다시 소용돌이 쳤다.

"감히!"

장검을 들고 있던 사내는 지운의 입에서 검협이 아닐 수도 있다는 말이 흘러나오자 분기를 드러냈다.

"그만!"

"사형!"

그만 하라는 자칭 연준하의 말에 검을 들고 있던 사내가 불만스러운 표정을 지었다.

"후후후, 내가 나를 증명해야 하는 이런 상황이 있으리라곤 생각지 못했다. 웃어야 할지 울어야 할지 모르겠군."

자칭 연준하는 눈앞에 벌어지고 있는 사태에 어이가 없었는지 허허거리며 웃음을 보였다.

"세상이 뒤숭숭하다 보니 스스로 다른 이들의 신분을 사칭하고 다니는 이가 없다고 할 수도 없는 일 아닌가?"

관치는 여전히 웃기지 말라는 듯 그를 바라봤다.

"좋아. 믿지 못하겠다면 할 수 없지. 하지만 언제까지 그런 표정을 지을 수 있을지 궁금하군."

자칭 연준하는 자신을 부정하는 관치를 바라봤다.

"증명할 수 있다면 충분히 사과해주지."

관치는 증명할 수 있으면 해보라는 듯 자칭 연준하와 그의 사제를 바라봤다.

"진 표두라고 했소?"

"네? 아, 네."

"이 표물들은 무당으로 가는 것 같은데……."

"그, 그렇습니다."

표행의 목적지가 무당이라는 진하석의 대답에 자칭 연준하가 고개를 끄덕였다.

"그렇다면 무당에 가면 알 수 있겠군."

지금 당장은 자신의 신분을 증명해줄 이가 없으니 불가능하지만, 무당에 가면 자신이 연준하임을 알게 될 거란 의미.

그러나 그 역시 웃기는 소리라며 관치가 딴죽을 걸었다.

"그건 거기까지 가봐야 알겠지. 말은 그렇게 해놓고 막상 무당엔 가지 않을지 누가 알겠어. 검협처럼 행동하다 표물을 훔치려는 것인지 누가 알겠냔 말이지."

자칭 연준하와 그의 사제는 관치의 계속되는 부정적인 시선에 노기 띤 얼굴이 되었다.

"좋아. 무당에 도착해서 내 신분이 확실해진 뒤엔 어떤 표정을 지을지 그것이 궁금하군. 그때까진 네 목숨을 살려 두도록 하지."

"그래? 어디 누구 표정이 변하는지 한번 두고 보자고. 내 이야기를 어디서부터 들었는지는 모르겠지만, 내가 알지도 못하는 사람의 이야기를 했다고 생각하다니 그거야말로 어불성설 아닌가?"

잔뜩 불안한 표정으로 두 사람의 설전을 듣고 있던 표사들과 쟁자수들은 '어라?' 하는 표정이 되었다. 생각해보니 자칭 연준하가 정말 연준하라면 관치가 모를 수 없다는 생각이 든 것이다. 아무리 이야기라곤 하지만 모르는 사람의 이야기를 그렇게 노골적으로 할 수는 없는 일 아닌가 말이다.

관치의 말처럼 신분을 사칭해 표물을 강탈하려는 강도일 수도 있다는 생각이 들자, 불안한 눈빛으로 자칭 연준하를 바라보던 이들의 시선이 의구심 섞인 눈빛으로 돌변했다.

"……"

자칭 연준하는 도무지 있을 수 없는 일이 벌어진다는 듯 어이없는 표정을 지었다.

"좋습니다. 일단은 연 대협이 맞다고 해두죠."

자칭 연준하는 일단은 맞다고 해두자는 진하석의 말에 더욱 황당한 표정이 되었지만, 스스로 무당에 가서 증명하겠다고 말을 한 이상 또다시 따지고 들기도 민망한 처지가 되어버렸다. 거기다 아미의 제자라는 여인이 먼발치에만 봤을 뿐 확실하지 않다고 하는 바람에 더욱 난감하게 되었기에 여기서 더 떠들어봤자 자신의 입장만 난처해질 게 분명했다.

"오늘 일, 기억해두지."

자칭 연준하는 절대 용서하지 않겠다는 듯 진하석과 관치를 노려보다가 고개를 돌려 버렸다. 자칭 검협의 사제란 사내 역시 살다 살다 별꼴을 다 겪는단 표정이 되었다.

"자칭 검협과 그의 사제 때문에 잠시 이야기가 끊겨 김이 빠지긴 했지만, 다시 시작할까요?"

관치는 시답지 못한 인간들 때문에 방해를 받았다는 듯 시큰둥한 표정을 짓더니 다시 이야기를 이어갈 태도를 취했다. 그러나 사람들은 지금 이 상황에 다시 이야기를 하겠다는 관치의 행동에 질린 표정을 지었다. 간덩이가 부은 건지, 본래 겁이 없는 건지 도무지 알다가도 모를 인간이라는 생각이 든 것이다.

"들어보지. 또 무슨 헛소리를 지껄이는지 확인해둬야겠으니."

자칭 연준하는 자신을 변태로 몰아버린 관치의 이야기에 불편한 심기를 그대로 드러냈지만, 그렇다고 이야기를 못하게 하진 않았다. 자칭 당사자라는 연준하가 이야기를 듣겠다고 하자 '이 판국에 이야기를 해?' 하는 표정을 지었던 이들도 '뭐 그렇다면야…….' 하는 표정이 되었다.

"그럼 시작합니다."

관치는 이제부터가 진짜 재미있는 부분이라며 분위기를 돋우더니 끊겼던 이야기를 이어갔다.

◈ ◈ ◈

미란과 민영, 그리고 묵진설. 세 여인은 질린 표정으로 관치를 바라봤다. 묵묵히 음식을 섭취하는 관치의 모습은 소가 여물을 씹는 것은 귀엽게 느껴질 정도로 정말 지루하고 지겹게 느껴졌다. 자신들은 이미 오래전에 식사가 끝난 상태였지만 먼저 자리를 일어나지도 못하고 있었다. 각자 할 말이 있었는데, 다른 이들보다 먼저 이야기를 해야 조금이라도 유리한 입장을 고수할 수 있었기 때문이다.

"계속 그렇게 구경을 해야겠나?"

아무리 무던한 성격의 관치라 할지라도 밥 먹는 모습을 관찰당하는 상황이 달갑지 않았는지 결국 입을 열었다.

"할 말이 있으니 기다리겠어요."

관치의 말에 묵진설이 먼저 대답했다.

"나 역시 할 말이 있어요."

"저도 마찬가지예요."

미란과 민영 역시 할 말이 있다며 물러설 생각을 하지 않았다.

"귀로 밥을 먹는 건 아니니 그렇게 바라만 보지 말고 그냥 이야기를 하는 게 어떻겠나?"

관치는 넋 놓고 기다리지 말고 할 말이 있으면 지금 하라고 했다. 여자 셋에게 구경당하는 입장이 되느니 아예 이야기라도 듣는 편이 좋겠단 생각이 든 것이다.

"좋아요. 그럼 이야기하죠."

이번에도 먼저 입을 연 것은 묵진설이었다. 그러나 진설이 먼저 이야기하는 것은 반대라는 듯 미란과 민영이 바로 반기를 들었다.

"내가 먼저 말하겠어요."

"제가 먼저예요."

"끙."

관치는 서로 먼저 말을 해야 한다며 언성을 높이는 세 사람의 모습에 체할 것 같은 표정이 되었다.

"무슨 말을 하려고 그렇게 소란을 떠는지 모르겠군."

관치는 세 여자의 행동을 이해하지 못하겠다며 고개를 저어버렸다.

진설과 미란, 민영도 이런 식으론 안 되겠다 싶었는지 순서를 정하기로 합의했다. 진설은 머리카락을 세 가닥 뽑아 들더니 가장 긴 것을 고르는 사람이 먼저 이야기를 하자고 했다. 나머지 두 사람도 나쁘지 않다 생각했는지 고개를 끄덕였고, 미란부터 하나씩 선택을 했다.

"내가 가장 길군요."

진설은 미란과 민영이 들고 있는 머리카락을 바라보더니 피식 웃음을 흘렸다.

'당했다!'

미란과 민영은 제비뽑기에 뭔가 야료가 숨어 있음을 깨달았지만, 이미 순서가 정해져 버린 상태라 따지고 들기도 어중간해졌다. 물론 셋만 있는 자리였다면 자신이 머리카락을 잡고 있겠다고 다시 한 번 순서를 정하자고 했겠지만, 눈앞에 관치가 앉아 있는 이상 그런 짓은 오히려 무덤을 파는 격이었다. 일단 결정을 했으면 지켜야 하는 것이 관치의 방식인 것이다.

"이제 말해봐. 도대체 무슨 소리를 하려고 그렇게 난리 법석이야?"

관치는 변함없는 속도로 느리게 음식을 씹으면서 진설을 바라봤다.

"약식이라도 좋으니 식을 올려요."

"푸읍!"

설마 혼례 이야기를 꺼낼 거라곤 생각지 못했던 관치는 씹고 있던 음식을 반쯤 뱉어내며 어이없는 표정을 지었다.

"무려 이십 년이에요. 책임을 져요."

"억지야. 난 알지도 못하는 약속이고, 또 그걸 지켜야 할 의무도 없다."

관치는 그런 이야기를 늘어놓을 생각이라면 더 이상 듣고 싶지 않다는 듯 고개를 저어버렸다.

"나머지 두 사람도 마찬가지야. 특히 미란은 더욱 잘 알고 있겠지. 내가 여자에게 관심이 없다는 걸."

관치는 두말하지 않게 이쯤에서 끝내라고 이야기했다.

"무슨 말이죠?"

진설은 여자에 관심이 없다는 관치의 말과 그 이유를 미란이 알고 있다는 말에 고개를 돌렸다.

"그분은 이미 돌아가셨어요. 죽은 사람 때문에 홀아비로 늙겠다는 게 말이 돼요?"

"그분? 그게 누구지?"

진설은 그게 무슨 말이냐는 듯 다시 질문을 던졌다.

"어려서부터 좋아했던 분이 있었다는군요."

"말도 안 돼! 오라버니는 공부 외엔 다른 건 관심도 없었어!"

진설은 자신이 기억하는 관치의 어렸을 적 모습을 떠올리며 불가능한 일이라고 외쳤다.

"하지만 사실이에요. 그런데 누군가를 좋아하는 것보다 더 큰 문제는 그 사람이 이미 세상을 떠났음에도 고집을 피운다는 거죠."

미란은 팔짱까지 끼면서 한심하다는 듯 관치를 바라봤다.

"그게 사실인가요? 그 사람의 이름이 뭐죠? 어디에 사는 누구예요?"

진설은 당장이라도 조사를 해봐야겠는지 관치가 좋아한다는 그 여인에 대해 줄줄이 궁금증을 쏟아냈다.

"휴! 밥 한 끼 먹는 게 이렇게 힘들어서야."

관치는 세 사람에게 질렸는지 한숨을 내뱉더니 자리에서 일어섰다.

"어디를 가려고요?"

"바람 좀 쏘여야겠다. 따라오지 마."

관치는 혼자 있고 싶다며 밖으로 나가버렸다.

"당 소저, 오라버니가 좋아한다는 그 사람 누군지 알고 있죠?"

"네. 그거야……."

"말해봐요."

"하지만 이미 죽은 사람이고……."

"아니, 뭔가 이상해요. 죽은 사람에게 저렇게 집착을 보인다는 것은 충분히 의심해볼 만한 일이니 정보를 줘요. 정확한 사정을 알아봐야겠어요."

미란은 '정확한 사정'이라는 진설의 말에 고개를 끄덕였다. 사실 자신도 그분에 대해선 그다지 아는 게 많지 않았기 때문이다. 민영 역시 진설 이상으로 '정확한 사정'을 알고 싶었기에 두 사람의 대화에 귀를 기울이며 동조의 눈빛을 보였다.

"좋아요. 그분은……."

밖으로 나온 관치는 느릿한 걸음으로 난주 거리를 돌아다니기 시작했다. 앞으로 이곳에 자리를 잡아야 하니 지리라도 익혀 둘 생각이었다.

"으음?"

막 난주 중심가로 들어서던 관치는 익숙한 얼굴 하나가 맞은편에서 자신을 바라보고 있자 의외의 표정이 되었다.

"화산으로 돌아가지 않았나?"

지금쯤 한참 화산으로 달려가고 있을 줄 알았던 연준하가 난주 대로변에 모습을 나타내자 '왜?' 라는 시선을 날렸다.

"의뢰를 하고 싶다."

"의뢰? 나에게?"

관치는 의뢰를 하겠다는 연준하의 말에 의뭉스런 표정을 지었다.

"왜 그런 표정을 짓는 거냐?"

"내키지가 않는데……."

관치는 꺼림칙한 눈빛으로 연준하를 바라봤다.

"나를 보호해줘."

"뭐?"

자신을 보호해달라는 연준하의 말에 관치는 더욱 황당한 표정을 지었다.

"말 그대로다. 화산에 안전하게 갈 수 있게 도와줘."

"난주를 벗어나지도 못했나 보군."

연준하의 등장이 자의가 아닌 타의에 의한 것임을 파악한 관치는 누구로부터 그를 보호해야 하는지 대충 감을 잡았다.

"천하의 연준하가 나 같은 사람에게 보호 요청이라……."

"부탁한다. 의뢰비는 두 배로 주겠다."

◎　◎　◎

"잠깐!"

난주를 떠났던 연준하가 다시 등장한 부분부터 눈썹을 꿈틀거리던 자칭 연준하. 결국 목숨을 구걸하듯이 의뢰를 요청하는 부분에선 더 이상 참지 못하고 입을 열었다.

"자꾸 이야기 끊을 거요?"

관치는 그를 향해 짜증스런 표정을 지었다.

"내가 언제 그런 의뢰를 했다는 것이냐?"

"그것참, 내가 언제 당신이 그랬다고 했소?"

관치는 어이가 없다는 듯 자칭 연준하를 흘겨봤다.

"지금 그렇게 이야기하고 있지 않느냐!"

"이야기 속의 연준하와 여기 연준하라고 외치시는 연준하는 다른 사람이오. 말했지 않소. 난 당신을 믿지 않는다고. 거기다 그냥 이야기일 뿐인데 왜 이렇게 민감하게 반응을 하는지 모르겠소."

으드득!

자칭 연준하는 짜증난다는 듯 자신을 바라보는 관치의 태도에 금방이라도 터질 것 같은 얼굴이 되었다.

"자칭 검협이라는 분이 무당에 도착하기도 전에 자신이 한 말을 번복하시겠소?"

관치는 기운을 끌어올리는 자칭 연준하의 모습을 보며 귀

건강부회(牽强附會) • 35

를 후벼 팠다.

으드드득!

자칭 연준하는 계속되는 관치의 비아냥거림에 도저히 참지 못할 지경에 이르렀지만, 분노를 행동으로 옮기는 일은 결국 하지 못했다.

"일구이언하는 놈들은 후레자식이라고 하던데……."

으드드드득!

"쩝, 후레자식이 되기 전에 이빨이 먼저 닳겠군."

"무슨 의도로 나를 파렴치한 사람으로 이야기하는 것이냐?"

"의도는 무슨. 그냥 이야기라니까. 그리고 이야기 속의 연준하와 당신은 동일 인물이 아니라지 않소."

관치는 왜 이렇게 말귀를 못 알아먹느냐며 오히려 핀잔을 줬다.

"풋."

당장이라도 난리가 날 것 같은 막사 안에 누군가의 웃음소리가 흘러나왔다. 자칭 연준하와 사람들의 고개가 웃음소리의 흔적을 좇아 휙 고개가 돌아갔다.

"아, 미안해요. 당신 때문에 웃은 건 아니에요."

아미파 검객 지운은 오해는 하지 말라며 급히 손을 내저었다. 하지만 막사 안에 있는 사람들 모두 지운의 웃음이 누구 때문에 흘러나온 것인지 잘 알고 있었기에 그녀의 급급한 대답이 거짓말임을 잘 알고 있었다.

"믿지 못하겠단 눈빛이군요."

지운은 자칭 연준하와 사람들을 둘러보더니 길게 한숨을 내쉬었다.

"아미와 화산은 본래 사이가 나쁘지 않소. 아니, 같은 구파에 속해 있는 만큼 서로 돕는 관계라고 봐야겠지. 그런데 지금 그대의 태도는 그것을 부정하는 것 같군."

자칭 연준하는 지운의 태도가 못마땅했는지 눈빛이 사나워졌다.

"내가 웃은 것은 관치 저 사람 때문이니 오해들 하지 말아요. 그리고 정말 그대가 화산의 검협이 확실하다면, 무당에 가서 신분을 증명할 때까진 문제를 일으키지 않겠다고 한 말을 지키는 게 좋지 않을까요? 무림의 협객이 스스로 뱉은 말조차 감당을 하지 못한다면 그대가 정말 연준하라고 해도, 아니 정말 연준하라면 실망을 금치 못할 것 같군요."

"……."

자칭 연준하는 지운의 말에 한 방 먹었다는 표정이 되었다. 그저 그런 아미의 제자라고 생각했는데 언변이 대담하고 시원시원한 것이 평제자는 아니란 생각이 든 것이다.

"그대의 이름을 알고 싶소."

"당신이 연준하라면 나를 모를 리가 없을 텐데요."

"그게 무슨 뜻이오?"

"삼화의 둘째."

지운의 입에서 삼화라는 말이 흘러나오자 사람들은 또다시 놀랐다.

"무림에 꽃이 있으니 화중화(花中花)는 사천에 있고, 화중검(花中劍)은 아미에 있으며, 화중지(花中知)는 무당에 피었도다."

"화중검 임표표라고?"

지운에게 삼화라는 말이 나옴과 동시에 진하석의 입에서 자동으로 무림기녀(武林奇女)들을 지칭하는 문장이 흘러나왔고, 사람들은 진짜 임표표가 자신들과 함께 이야기를 듣고 있었던 거냐며 호들갑을 떨었다.

자칭 연준하는 설마 함께 자리하고 있는 아미의 여검객이 화중검 지운 임표표일 줄은 몰랐는지 얼굴이 딱딱하게 굳어졌다.

"확실히 당신은 화산검협이 아닌 것 같군요."

지운은 자칭 연준하를 바라보며 진실을 밝히는 게 어떻겠냐는 눈빛을 보였다.

"그, 그게……."

무당에 가면 당장 자신의 신분이 증명될 거라며 큰소리치던 자칭 연준하는 일이 고약하게 되었다는 듯 말을 더듬었다. 진하석 역시 연준하가 진짜 연준하가 아님이 확인되자 대번에 표정이 돌변했다.

"네 이놈! 감히 화산검협의 이름을 사칭하고 다니다니!"

진하석은 물론이고, 함께 있던 표사들까지 우르르 검을 뽑아들었다.

"자, 잠깐! 말로 합시다. 말로! 야! 뭐라고 말 좀 해봐. 여기에 화중검이 있다는 내용은 없었잖아!"

자칭 연준하는 대검을 들고 분위기를 잡던 사제에게 급히 도움을 청했다.

"아, 젠장. 그러니까 이런 일은 첨부터 맡는 게 아니라고 했잖습니까."

"일을 맡아?"

진하석은 두 사람이 누군가에게 부탁을 받고 연준하 행세를 하고 있음을 알게 되자 더욱 경계를 높이기 시작했다.

"아, 진짜 이건 아닌데……."

자칭 연준하는 골치 아픈 표정을 짓더니 결국엔 방법이 없다는 듯 관치를 가리켰다.

"이봐, 당신이 그렇게 하라고 시켰잖아! 뭐라고 말 좀 해봐."

"어엉?"

자칭 연준하의 입에서 이 모든 일은 이야기꾼 관치가 시킨 일이란 말이 흘러나오자, 이건 또 무슨 소리냐는 듯 혼란이 가중됐다.

"무슨 소리를 하는 거야? 내가 언제 당신에게 이런 일을 시켰다는 거야?"

관치 역시 귀신 볍씨 까먹는 소리라며 발끈했다.

"이제 와 발뺌이냐? 당신이 사흘 전에 이렇게 하라고 시켰잖아!"

사람들은 자칭 연준하와 관치 사이에 공방이 오고 가자 점점 관치에 대한 의구심도 커지기 시작했다.

"아니, 왜 그런 표정들을 짓는 것이오? 저자들의 정체를 밝히고자 한 것은 오히려 나였소. 그런데 도둑이 제 발 저린 놈들의 헛소리 때문에 나까지 한통속으로 보는 것이오?"

관치는 황당하고 억울하다는 듯 진하석과 표사들을 바라봤다.

"으음……."

진하석은 관치의 말 역시 틀린 것은 아니었기에 어떻게 사태를 정리해야 할지 쉽사리 판단이 되질 않았다. 하지만 자칭 연준하나 관치 모두 의심스럽기는 마찬가지. 진하석은 지운에게 도움을 청하는 게 빠르겠다는 생각이 들었다.

"지운 소저… 아니 임 소저, 어쩌면 좋겠습니까?"

진하석은 법명 지운이 아닌 본명을 들먹이며 도움을 청했다.

"일단은 두 사람 모두 잡아두고 심문을 하는 게 좋지 않을까요? 지금 당장 누구 말이 맞는지 짐작하기는 어려울 듯싶군요."

지운은 등 뒤에 꽂혀 있던 쌍검을 뽑아들더니 자칭 연준하와 그의 사제, 그리고 관치에게 검을 겨누었다.

"아, 진짜 미치겠네. 이렇게 복잡한 일은 아니라고 했는데……."

자칭 연준하는 억울한지 지운을 바라보더니 대적할 마음이 없다는 듯 손을 들어버렸다.

"그대는 어떻게 할 생각이죠?"

지운은 관치를 향해 의견을 물었다.

"이것 참."

관치는 일이 이상하게 돌아간다는 듯 어이없는 표정을 짓더니 순순히 손을 내밀었다.

이후 표사들은 그들을 포박해 막사 중앙에 앉혀 놓고 심문을 시작했다.

"임 소저께서 심문을 하시겠습니까?"

진하석은 임표표 덕분에 세 사람을 붙잡았단 생각에 정중히 의견을 물었다.

"아니에요. 전 지켜보는 걸로 만족하겠어요. 어차피 표행의 책임자는 진 표두님이니까요."

"아, 그렇게 하시겠습니까?"

진하석은 더 이상 관여치 않겠다는 임표표의 말에 직접 심문을 시작했다.

"스스로 모든 걸 밝히겠느냐, 아니면 억지로 입을 열겠느냐?"

즐겁게 이야기를 듣는 분위기가 얼떨결에 죄인을 취조하는 형태로 뒤바뀌어 적응하기 어려웠지만, 진하석은 일행의 우두머리이고 표물에 위해를 가할 수 있는 것은 그것이 무엇이든 막아설 의무와 책임이 있었다.

제2장. 부화뇌동(附和雷同)

부화뇌동(附和雷同)

-제 주견이 없이 남이 하는 대로 그저 무턱대고 따라 함

 진하석과 표사들은 포박당한 이들을 고문하거나 추궁하지 않아도 기가 질릴 만큼 그들의 주장과 고백을 들어야 했다. 형식적인 측면에선 분명히 심문에 가까웠지만, 시간이 지날수록 심문자가 되기보단 누가 진실을 말하고 있는가를 알아 맞혀야 하는 엉뚱한 처지에 놓이고 말았다. 어느 한쪽의 손을 들어주지 않으면 사흘 밤낮으로 떠들어대도 현 상황에서 전혀 진척이 없을 것 같았다.

 "난 처음부터 저 두 사람이 이상하다고 말했지 않소?"

 관치는 스스로 연준하라고 말한 사내와 그의 사제를 턱 끝으로 가리켰다.

 "아니요. 우리는 저 사람의 부탁을 받고 그대로 따랐을 뿐

이오. 억울한 것은 저자가 아니라 바로 우리 두 사람이오."

"내가 언제 당신들에게 그런 부탁을 했다는 거요?"

관치는 말도 안 되는 소리라며 두 사람의 주장을 막아섰다.

"이곳에서 기다리고 있으면 용선표국의 사람들이 나타날 것이라고 하지 않있소! 이제 와서 일이 꼬이니 나 몰라라 하겠다는 것이오?"

"허허, 도대체 무슨 생각으로 그런 소리를 지껄이는지 모르겠지만 내가 무엇 때문에 그런 일을 꾸민단 말이오."

"흥! 우리가 알 게 뭐람. 처음부터 용선표국의 표물을 노리고 우리를 끌어들인 건지, 아니면 또 다른 목적이 있어 일을 벌인 건지 누가 알겠냔 말이오. 하지만 한 가지 확실한 것은 우린 용선표국의 표물엔 눈곱만큼도 관심이 없다는 것이오. 그저 이곳에서 기다리다가 용선표국 사람들이 나타나면 화산파 검객의 행세를 하면 된다는 말을 들었을 뿐이오."

"좋아. 내가 그런 부탁을 했다고 칩시다. 그런데 정말 생각이 있는 사람들이라면 그런 부탁을 넙죽 받아들인다는 게 더 이상하지 않소? 다른 사람 행세도 아니고 화산검협을 자청하다니. 만에 하나 화산파 사람들이 이 일을 알았다간 당장에 목이 날아갈 텐데, 명령도 아니고 부탁을 받아서 그런 일을 벌였다는 게 말이 되냔 말이오. 진 표두, 내 말이 맞지 않소?"

관치는 상식적으로 생각해야 한다며 진하석에게 질문을 던졌다.

"음, 듣고 보니 그 말도 일리가 있긴 하오."

화산검협을 자처했던 두 사람은 진하석의 마음이 관치 쪽으로 기우는 듯 보이자 화들짝 놀란 표정이 되었다.

"그게 아니오! 진 표두, 그게 아니야. 내 말을 더 들어본다면 충분히 있을 수 있는 일이라 생각할 것이니 판단을 조금만 늦춰주시오."

"진 표두, 더 들어봐야 헛소리만 늘어날 뿐이오."

관치는 들어볼 필요도 없다는 듯 언성을 높였다.

"잠깐! 양쪽 다 잠시 말을 멈추시오. 이런 식으론 날이 새도 결론이 나지 않겠소."

관치와 화산파 검객 행세를 하고 있는 다른 두 사람의 의견이 중구난방 터져 나오자 진하석은 머리가 지끈거렸다. 한쪽 말이 맞는가 싶으면 어느새 다른 쪽 말에 신빙성이 높아졌고, 그게 끝인가 싶으면 또다시 혼란을 가중시키는 돌발 발언이 튀어나왔다.

"아무래도 안 되겠소. 지금부터는 내가 질문을 하고 각자 한 번씩 변론을 펼치는 것으로 방법을 바꿀 테니 그리 알고, 잘 생각해서 대답을 하시오. 어느 쪽이든 거짓을 늘어놓고 있다는 생각이 들면 그걸로 이 상황을 정리하겠소."

"아아, 그건 좀 문제가 있소."

진하석은 자신의 말이 끝남과 동시에 바로 문제를 제기하는 관치의 모습에 미간을 찡그렸다.

"무슨 문제가 있다는 것이오?"

"사실 이쯤에서 한 번쯤 짚고 넘어가야 할 부분이오. 이것은 필수에 가까운 것이니 진 표두도 충분히 공감을 할 것이오."

"그게 무엇이오?"

"바로 저 여자의 정체요."

관치는 한쪽에서 묵묵히 사태를 지켜보고 있는 아마파 제자 지운을 가리켰다.

"지금 임 소저를 말하는 것이오?"

진하석은 어이가 없다는 듯 관치를 바라봤다.

"그렇소. 사실 연준하가 스스로 연준하임을 증명하지 못했던 것은 그가 연준하임을 확인해줄 사람이 이곳에 없었기 때문이었소."

진하석과 표사들은 당연하다는 듯 고개를 끄덕였다.

"연준하가 스스로 연준하라고 할 때는 의구심을 갖던 사람들이 왜 저 여자가 화중검이라고 할 때는 한 명도 빠짐없이 고개를 끄덕일 수 있느냔 말이오."

진하석은 아리송한 표정이 되어 지운 쪽으로 고개를 돌렸다. 듣고 보니 그것도 틀린 말은 아닌 것이다.

"하지만······."

진하석은 지운에게 스스로 화중검이 맞는다는 것을 증명해달라고 말하기가 어렵다는 표정을 지었다. 당장 자신들에게 피해를 준 것도 아니고, 막상 문제가 생겼을 땐 도움을 받은 상태였기에 이제 와서 그녀의 정체를 의심한다는 것은 왠지 껄끄러운 느낌이 든 것이다.

  "뭐, 진 표두의 입장을 이해하지 못하는 것은 아니지만 지금 이곳에서 진 표두의 사람들을 제외하곤 어차피 모두가 외인이 아니냔 말이오. 나나 이 두 사람이나 스스로 문제가 없다는 것을 증명하기 위해 이토록 발악을 하는데, 저 여인만 아무 문제없다는 듯 인식하는 것은 공평한 처사가 아니란 말이지."

  진하석은 난데없이 지운을 물고 늘어지는 관치의 태도에 어중간한 상태가 되어버렸다. 사실 순순히 포박을 받은 세 사람은 언제든 목숨을 빼앗을 수 있었지만, 아무런 제재도 받지 않고 있는 자칭 화중검의 경우엔 문제가 생긴다 해도 어떻게 해볼 상황이 아니었던 것이다.

  "그대는 이 표행의 안전을 책임질 의무가 있는 사람이오. 그녀가 여자라는 이유만으로 대충 넘어갔다가 문제가 생기면 더욱 치명적 피해를 입을 수도 있다는 것을 알아야 하오. 무림에 가장 조심해야 할 대상이 어린아이와 노인네, 그리고 얼굴이 반반한 여자라는 것은 강호초출이라 할지라도 모두가 아는 사실 아니오."

계속되는 관치의 말에 진하석은 그럴 수도 있다는 생각이 들기 시작했다. 생각해보니 이 시간에, 그것도 여자 혼자서 밤길을 가고 있다는 것 자체부터가 이미 의심스러운 상태였지 않은가.

그러나 그녀는 이번 무림 행사에 공식적인 문건을 지니고 있음이 떠올랐다. 단순히 길을 가던 사람이었다면 경계를 해야겠지만, 이미 나름대로 신분 확인이 된 상태가 아니냔 말이다.

"하지만 임 소저는 첩지를 가지고 있소. 임 소저가 아미의 검객이 아니라면 이번 무림 행사의 초청장을 어떻게 소지할 수 있겠소."

진하석은 '이래도 의심을 해야 한단 말인가?' 라는 표정으로 관치를 바라봤다.

"허허, 진 표두 그렇게 안 봤는데 의외로 물렁한 구석이 있는 것 같소. 첩지 정도야 필요하다면 얼마든지 위조가 가능한 물건이고, 또 이 늦은 밤중에 겨우 횃불에 의지해서 그 첩지의 진위 여부를 어떻게 가린단 말이오. 만에 하나 그녀가 어떤 목적을 가지고 첩지를 위조해 나타난 것이라면 더욱 위험한 일이 아니오."

관치는 이대로 물러설 수 없다는 듯 더욱 끈질기게 지운의 신분에 문제를 삼았다.

"표두 님, 일단 다시 한 번 확인을 하는 게 좋지 않겠습니까? 돌다리도 두들겨 가는 게 우리들 일 아닙니까."

진하석은 표사들마저 '혹시나' 하는 표정을 짓자 어쩔 수 없다는 듯 지운 쪽으로 고개를 돌렸다.

"임 소저, 저는 소저의 신분을 믿고 있지만 이렇듯 문제를 제기하는 사람이 많으니 잠시 협조를 해주셨으면 합니다."

"어떤 협조를 원하는 거죠?"

결국엔 자신의 신분을 다시 한 번 확인하겠단 말이 흘러나오자 심기가 불편해졌는지 지운의 목소리가 딱딱해졌다.

"들으셨다시피……."

"이해가 되지 않는군요. 의심스러운 자들의 말에 귀를 기울여 오히려 내부의 사람을 의심하다니."

지운은 있을 수 없는 일이라는 듯 딱 잘라서 말했다.

"아, 그 부분은 좀 잘못 생각하신 것 같습니다."

"무슨 뜻이죠?"

"내부의 사람이라고 말씀하시는 건 문제가 있군요. 정확히 따지면 임 소저 역시 저에겐 외부인이지 않습니까."

"그렇긴 하지만, 현재 정황상……."

지운은 바보같이 굴던 진하석이 갑자기 야무진 눈빛으로 요점을 집어 말하자 '뭐 이런 자식이 다 있어?' 하는 표정이 되었다.

"그렇습니다. 임 소저의 말씀처럼 현재 정황만 따지고 본다면 저에겐 네 사람 모두 의심스러운, 아니 저 두 사람은 확실히 문제가 있는 상태고 다른 두 사람은 아직 의심에서 벗어나지 못했다고 표현하는 게 맞을 것 같습니다. 무당파까지 남은 거리는 하루 남짓입니다. 마지막에 와서 실수를 하고 싶지도 않을뿐더러, 만에 하나 이 모든 게 우연이 아니라 모종의 목적을 달성하기 위해 의도된 것이라면 진실을 꼭 밝혀내고 말 것입니다."

진하석은 눈에 힘까지 주어가며 지운을 압박했다.

"흥! 언제부터 표두 따위가 포청의 관원처럼 그렇게 사건 사고에 신경 쓰는 존재가 되었는지 궁금해지는군요."

"이 일은 관원이 아니라 할지라도……."

"좋아요. 뜻에 따르도록 하죠. 나 역시 목적지를 눈앞에 두고 문제가 발생하는 건 원치 않으니 말이죠. 그리고 내 속명(俗名)은 함부로 부르지 않는 게 좋을 겁니다. 사적인 친분이 있는 것도 아닌데 너무 무례하군요."

진하석은 지운이 화중검 임표표임을 밝힌 뒤로 계속해서 임 소저라고 호칭을 했었다. 그런데 이제는 기분 나쁘니 그렇게 부르지 말아달라니. 진하석 역시 슬쩍 기분이 상했는지 당연히 그렇게 해주리라 마음먹었다.

"그렇군요. 지운이라는 법명이 있는데 제가 괜한 짓을 했던 모양입니다. 화중검 임표표의 법명이 정확히 지운인지는 모르겠지만, 지운이 화중검이라는 증거는 아직 찾지 못했으니 나 역시 그대를 임 소저라고 부르는 일은 없을 것입니다."

진하석은 너만 성질 있냐는 듯 오히려 큰소리를 쳤다.

지운은 살다 보니 별 황당한 경우를 다 당한다는 표정을 지었지만, 이 모든 게 진하석이 아니라 킥킥거리며 자신을 바라보는 관치라는 자가 야료를 부린 것임을 알고 있었다.

"어리석은 자는 그 끝에 가봐야 고통을 아는 법이죠."

그래도 그냥 물러서기는 아쉬웠는지 기어코 한마디 하고 마는 지운이었다.

"당연한 말씀입니다. 일단 무기를 내려놓고 포박을 받으셔야겠습니다."

"감히!"

지운은 자신의 검을 풀어놓고 관치나 자칭 연준하 등과 같이 한데 묶여야 한다는 말에 당장 민감한 반응을 보였다.

"협조를 해주시겠다고 하지 않았습니까?"

"내가 할 수 있는 협조는 당신들의 무례함을 곧바로 단죄하지 않는 것만으로도 충분하다. 이 이상 나를 자극한다면 내 손속이 무정하다 떠들지 못할 것이다."

진하석은 무장해제를 시키는 게 만만치 않아 보이자 살짝 긴장이 되었다. 만에 하나(거의 그렇다고 생각하고 있지만) 지운의 신분이 확실하다는 게 밝혀진다면 차후 아미파와는 완전히 멀어질 수도 있는 일인 것이다. 강호의 일이란 단순하면서도 복잡하고, 쉬운 듯 보이면서도 어려워서 사소한 일이라도 자칫 선택이 어긋나면 돌이킬 수 없는 결과를 가져왔기 때문이다.

"물러서지 않고 뭘 망설이는 것이냐? 무당에 도착하면 내 첩지가 위조된 것인지, 아니면 정상적인 것인지 바로 알아볼 수 있을 터인데 기어코 아미파와 문제를 일으켜야 속이 시원하겠느냐!"

진하석은 지운이 강경하게 나오자 결국 압박을 가하시 못하고 표사들을 물려야만 했다. 아니, 물리려고 했다.

"잠깐!"

진하석과 지운의 대화를 꼼꼼히 살펴보고 있던 관치가 뭔가 잡히는 게 있는지 제동을 건 것이다. 지운은 자신이 빠질 만 하면 다시 물고 늘어지는 관치를 보며 미간을 찡그렸다.

"그 첩지 나에게도 한번 보여 줄 수 있겠소? 곰곰이 생각해보니 그대가 임표표인지, 아니면 다른 사람인지 확인할 방법이 떠올랐소."

"그게 무슨 말이지?"

자신의 신분을 증명할 수 있다는 말에 지유의 표정이 살짝 밝아지면서도 다시 어두워지는 복잡한 감정이 드러났다.

"진 표두, 그녀에게 무당에서 보내왔다는 첩지를 받아보시오."

진하석은 그녀가 진짜 화중검인지 아닌지를 알아볼 수 있다는 말에 지운을 향해 대뜸 손을 내밀었다.

"지운 소저의 결백을 증명할 수 있다고 하는군요."

만약 여기서 첩지를 내놓지 않고 버틴다면 지운은 스스로 벼랑 끝에 서는 결과를 가져올 것이다. 사람들의 시선이 순식간에 지운의 손끝에 몰렸다.

"좋아요. 다시 보여 주는 것 정도는 어려운 일이 아니니. 하지만 무슨 수로 첩지의 진품 여부를 확인할 수 있다는 건지 그것부터 들어봐야겠군요."

지운은 어떤 식으로 검증을 할지 먼저 확인하지 않고선 첩지를 줄 수 없다는 태도를 보였다. 자칫 첩지를 훼손이라도 하는 날엔 지금 이곳이 아니라 무당에 가서 당혹스런 일을 당할 수도 있었다.

"역시 주지 않지 않습니까. 만약 내가 저런 입장에 처했다면 당장이라도 신분을 확인받고 불필요한 오해는 바로 풀어버렸을 겁니다. 진 표두님, 어떠십니까? 지금도 저 여자가 화중검 임표표라고 생각됩니까?"

관치는 빨리 잡아들이지 않으면 큰일이라도 나겠다는 듯 목청을 높였다 줄였다 하며 겁먹은 표정을 지었다.

지운은 관치의 말이 끝남과 동시에 자신이 함정에 빠졌다는 걸 깨달았지만, 이 정도 잔머리에 흔들릴 자신이 아니었다.

"흥, 웃기는군. 겨우 첩지를 보여 주지 않는단 이유로 내 신분을 의심하다니. 좋다. 확인해봐라."

지운은 첩지를 꺼내 진하석 쪽으로 날려 보냈다. 진하석은 지운의 첩지를 받아들고 관치와 뭔가 이야기를 나누는가 싶더니 막사 밖으로 달려 나갔다.

"지금 어딜 가는 것이냐!"

지운은 자신의 첩지가 막사 밖으로 이동을 하자 당장 몸을 일으켰다.

"잠시만 기다려 주시오! 길어야 차 한 잔 마실 시간이면 돌아오실 것이오."

표사들은 지운이 진하석을 따라 움직이려 하자 검끝을 치켜세우며 막아섰다. 표사들 역시 이 판국에 누굴 믿을 수 있겠냐는 듯 단호한 표정들이었다.

잠시 후, 표사들의 말대로 진하석은 얼마 지나지 않아 다시 막사 안으로 돌아왔다. 그의 손에는 지운의 첩지가 여전히 들려 있는 상태였다. 그러나 나갈 때와 달리 완전히 달라진 표정을 하고 있는 게 뭔가 큰 결심을 내린 것 같았다.

"소저."

"말씀하시오."

"포박을 거부하겠다면 우리도 이대로 넘어가지 않을 것입니다. 만에 하나 소저의 반항 때문에 용선표국의 사람들이 다치기라도 하면 아미파에 정식으로 사과를 청할 것입니다."

지운은 사문에 정식으로 사과를 청한다는 말에 정신이 번쩍 들었다. 뭔가 어이없는 것을 증거라며 찾아낸 모양이었다.

"큰 실수를 하는 겁니다."

"목적지를 코앞에 두고 사고가 나는 것보다 하루 정도 협조를 통해 문제를 막아낼 수 있다면 난 언제라도 그렇게 할 것입니다. 어차피 무당에 도착하면 모두가 알게 될 일 아닙니까. 무사히 도착한다면 지운 소저께 정식으로 사과를 드리겠습니다. 양해를 구합니다."

지운은 첩지를 빼앗긴 이상 이대로 홀로 떠날 수도 없게 되었음을 깨달았다. 애초부터 첩지가 진짜인지 가짜인지 알아낼 방법은 존재하지 않았다. 그저 자신의 손에서 첩지를 빼앗는 것이 목적이었던 것이다.

"그렇군. 이런 이유가 있었군."

지운은 대단한 표두라며 치켜세우더니, 어쩔 수 없다는 듯 등에 메어진 검집을 풀어냈다.

"상처 하나 없이 있는 그대로 보관하고 돌려드리겠습니다."

"당연히 그렇게 해야겠지."

"그럼 이왕 협조를 하기로 하셨으니……"

"하셨으니?"

"포박도 순순히 응해주시길 바랍니다."

"……"

◈　　◈　　◈

막사 중앙엔 한 사람이 더 추가되어 총 네 사람의 외부인이 용선표국의 손님 아닌 손님이 되어 진실 공방 2차전에 들어가기 시작했다. 이번 심문 겸 고백은 진하석이 말했던 것처럼 진행이 되었다. 진하석의 질문에 한 명씩 답을 하는 형식에 따르기로 모두가 합의를 본 것이다.

"표두 님, 이거 괜한 일을 벌여서 감당 못할 지경에 이르는 건 아닌지 모르겠습니다."

어떤 질문을 던지는 게 좋을지 의견을 구하는 진하석에게 표사들의 걱정 섞인 음성이 흘러나왔다.

"사실 나도 왜 이런 상황이 만들어졌는지 이해할 수가 없다. 하지만 분명한 것은 두 가지다. 하나는 표물에 문제가 생기지 않아야 한다는 것, 또 다른 하나는 이번에 무당에서 열리는 총회가 단순히 회의를 치르는 정도의 모임은 아닌 것 같다는 것이다."

"표두님의 말씀이 틀렸다는 건 아닙니다. 그냥 왠지 불안한 기분이 들어서……."

진하석 역시 속마음은 좌불안석이었지만 그렇다고 표사들 앞에서 티를 낼 수는 없는 일이었다.

"너무 걱정들 하지 마. 일단 질문을 시작하면 자네들도 함께 참가를 해줘. 아무래도 나 혼자만의 힘으론 버거울 것 같으니 말이야. 최대한 빨리 이 상황을 마무리 지어야 하지 않겠나."

"알겠습니다. 의문점이 들거나 문제가 있다고 생각되면 말씀을 드리도록 하겠습니다."

"저기……."

진하석과 표사들의 대화를 조용히 듣고 있던 쟁자수 몇이 조심스럽게 입을 열었다.

"무슨 일이냐?"

"저희도 의문점이 생기거나 이상하다고 생각되는 부분이 있으면 말을 해도 됩니까?"

평소 같으면 표사와 표두의 대화에 끼어들 자격이 없는 쟁자수들이었지만, 진하석도 이번만큼은 처음부터 함께 이야기를 듣고 있던 차라 직책에 상관없이 도움을 받아야 할 판이었다. 진하석은 당연하다는 듯 고개를 끄덕이며 쟁자수들 역시 진실 공방에 참여하는 것을 흔쾌히 승낙했다.

진하석은 표사들과 쟁자수들의 의문 사항을 듣고 자신의 생각을 대략적으로 정리하더니, 네 사람에게 질문을 던지기 시작했다.

"당신들은 누구지?"

진하석은 정말 모르겠다는 표정으로 입을 열었고, 질문에 답을 시작한 것은 역시 관치가 먼저였다.

"내 이름이 소관치라는 것은 이미 알고 있지 않소. 거기다 난 무당이 아니라 죽산에 가는 길이라는 것 역시 모두가 아는 사실이오."

"우리는 무한(武漢)에서 자잘한 일들을 대신 처리해주는 일로 먹고사는 사람들이오. 말했다시피 관치 저 사람의 부탁을 받고 화산검협처럼 행동을 했을 뿐이오. 그냥 그렇게만 하면 된다고 들었기에 그 이상도 이하도 아는 바가 없소."

"아미파 지운이다."

역시 예상했던 대로 네 사람의 대답은 모범 답안이라도 써내는 것처럼 한결같았다.

"관치 그대에게 묻겠소. 저들 두 사람의 말에 따르면 자신들이 검협이라 말하게 된 것은 그대의 부탁 때문이었다는데, 그것이 사실이오?"

"그건 나에게 물어보지 않아도 충분히 알 수 있는 일 아니오? 만에 하나 내가 그런 부탁을 했다면 왜 저들을 의심하고 저들의 신분을 밝혀내기 위해 노력을 했겠소. 두 사람의 말에 따르면 내가 돈까지 줘가며 이런 일을 부탁했다는 것인데, 만약 그렇다면 이렇게 허술한 사태를 만들어내지도 않았을 것이고, 혹 문제가 생겼다 해도 저들을 도우면 도왔지 방해는 하지 않았을 것 아니오."

관치의 대답은 확실히 논리적이고 명확한 축에 속했기에 진하석과 용선표국 사람들의 고개를 끄덕이게 만들었다.

"이번엔 그대에게 묻겠소. 그대는 자신이 화중검이라는 사실을 증명할 방법이 있는 것이오?"

"내가 왜 그걸 증명해야 하는지 모르겠군. 내가 누구인지 스스로 밝힌 것은 저들 두 사람의 행동이 의심스러웠기 때문이다. 처음 이곳에 왔을 때 말했다시피 용선표국이나 나나 무당이 목적지인 데다 수레에 실려 있는 물건들 역시 무당으로 가야 함을 잘 알고 있다. 다른 사람도 아니고 화중검 임표표가 표행의 일행이 된 상태에서 무슨 문제라도 생겨난다면 그것이야말로 내 명성에 먹칠을 하는 것이다. 난 내 명예를 지키기 위해서, 또 그대들을 돕기 위해서 당연한 행동을 했을 뿐이다. 그런데 이제 와서 이야기꾼 말에 놀아나 이런 행동을 보이다니, 진 표두 당신에게 크나큰 실망을 느끼는 중이다."

지운은 진하석의 태도를 여전히 이해할 수 없다는 듯 쌀쌀맞은 태도를 보였다.

"그건 아니지. 만약 그럴 마음이었다면, 또 당신이 화중검 임표표라면 처음부터 저 가짜 연준하를 제재했어야 맞지. 모르는 척 구경만 하다가 내가 의문스러운 점을 파고들자 뒤늦게 손뼉을 부딪친 것뿐이잖아. 그런데 이제 와서 모든 게 용선표국을 위한 일이었다니 앞뒤가 맞지를 않아."

지운의 대답에 관치의 의견이 곧바로 튀어나왔다.

"흥! 그쪽이야말로 이곳에 있는 사람들 중에 가장 의심스러운 존재가 아닌가?"

"내가 뭘?"

"상식적으로 생각해봐도 절대 정상이 아니지. 무림인이 아닌 듯 보이지만 무림의 일에 많은 것을 알고 있고, 보통 사람이라면 평생을 살아도 얼굴 한번 보기 힘든 사람들을 지척에서 함께 생활한 것처럼 이야기하는 것을 보면 더더욱 의심스럽지. 화산검협 연준하가 그대에게 비굴하게 굴었다는 부분은 그렇다고 치지. 하지만 화중화가 너 같은 중년 홀아비에게 마음을 줬다는 것은 물론이고, 화월각주와는 혼인을 약속한 사이라고? 거기다 독하기로 소문난 당미란이 당신 앞에선 마치 아이같이 굴더군. 무림에 어떤 자가 그렇게 대단한 일을 행할 수 있을까. 난 그들 주변에 당신 같은 사람이 있었다는 말은 한 번도 들어보지 못했어. 사기꾼 같으니라고."

관치는 사기꾼이라는 지운의 말에 당장 반박을 하려고 했지만 그보다 먼저 끼어든 사람이 있었다. 바로 스스로를 연준하라고 외쳤던 자가 발끈한 표정이 된 것이다.

"당신이 얼마나 잘났는지는 모르겠지만 자꾸 연준하를 바보처럼 이야기할 거요? 다시 한 번 경고하는데 나는 비굴하게 군 적이 없다고 했소!"

스스로 연준하가 아니라 검협의 흉내를 냈다고 소리치던 자칭 연준하. 그는 여전히 연준하가 밉보인 행동을 했다는 말이 흘러나오면 흥분을 감추지 못했다.

"이봐, 너는 연준하가 아닌데 왜 그렇게 연준하 이야기만 나오면 발끈하는 거냐?"

진하석은 어이없는 호소와 열변을 토하는 자칭 연준하에게 입을 다물라고 했다.

"아니, 내가 언제 연준하가 아니라고 했소!"

"뭐?"

"난 연준하가 맞소!"

"하지만 방금 전에는 저 사람의 부탁을 받고……."

"그것도 맞소. 하지만 분명한 것은 난 연준하라는 사실이오. 단지."

"단지 어떻다는 것이오?"

"검협이 아닐 뿐이지."

"……."

진하석과 다른 사람들은 연준하의 입에서 흘러나온 마지막 말에 한동안 말문이 막혔다.

"잠깐만. 그러니까 이름이 연준하인 것은 맞고 단지 검협이 아닐 뿐이다?"

"그렇소. 사제도 말 좀 해봐."

연준하는 왜 아무 말도 하지 않느냐며 자신의 사제를 툭툭 건드렸다.

"아, 맞아요, 맞아. 사형은 이름이 연준하가 맞아요."

용선표국 사람들은 이름이 연준하라는 자칭 연준하의 대

답에 허탈한 웃음을 흘렸다.

"그러니까 연준하가 등장하는 부분에서 잔뜩 흥분을 한 것은 검협으로서가 아니라 동명의 자신을 위해서였다는 뜻이군."

진하석은 그제야 대충 정리가 되는지 고개를 끄덕였다. 그러나 연준하는 딱히 그것도 아니라는 듯 고개를 갸웃거렸다.

"뭐, 그렇다기보단……."

"다른 이유라도 있단 말인가?"

"아니, 다른 이유가 있다는 것보단 그냥 이야기를 듣고 있으면 내가 아는 이야기와는 좀 다르게 흘러가는 것 같아서……."

진하석은 물론이고 모든 사람들의 시선이 순식간에 연준하에게 집중되었다.

"지금 뭐라고 했소?"

"아, 진짜 이건 아닌데 자꾸 이상하게 되어가네."

연준하는 괜한 말을 했다는 듯 금세 후회하는 눈빛이 되었다. 그러나 이미 뱉어버린 말을 주워 담을 수는 없는 일. 진하석과 그 일행들은 관치의 이야기를 이미 알고 있는 듯한 연준하의 태도에 몸이 바짝 달아올랐다.

"그게 진실이오? 관치 저 사람의 이야기를 이미 알고 있다는 것이?"

"그게 총괄적으로 모두 아는 건 아니지만, 최소한 내가 아는 부분들은 관치 저 사람의 이야기처럼 흘러가지는 않았소."

"그러니까 자신이 알고 있는 이야기와 자꾸 다르게 흘러가니 답답해서 끼어들었단 말이군."

"결론만 이야기하라면 그렇게 되는 거죠."

연준하의 폭탄 발언에 이번엔 관치가 궁지에 몰렸다.

"이보시오, 관치, 이 이야기는 그대가 겪었던 일들에 살을 붙인 것이라고 하지 않았었소?"

"물론이오."

"그런데 연준하 저 사람 말에 따르면 이미 이 이야기를 들은 적이 있다고 하는데, 그건 어떻게 된 것이오. 혹시 저 연준하의 말처럼 무한 어디에선가 이미 한 번 이야기를 했던 것은 아니오? 그리고 저들을 이곳으로 불러들인 것 역시 그대가 벌인 일 아니냔 말이오."

"이미 말했지 않소? 난 저 두 사람을 이곳에서 처음 본다고. 만약 이 이야기를 이미 어디선가 들었다면 그건 내가 아니라 다른 누군가가 내 이야기를 흘리고 다닌 거겠지. 그렇지 않고서야 내가 하지도 않은 이야기를 했다고 할 수는 없는 일 아니오."

관치의 대답에 이번엔 지운이 입을 열었다.

"그러니까 지금 당신 말에 따르자면, 이미 다른 곳에서 이와 같은 이야기를 한 적이 있다는 뜻이군."

"그건 아니오. 난 오늘 이 이야기를 처음 하는 것이란 말이오."

관치는 당치도 않다는 듯 지운을 바라봤다.

"하지만 연준하의 말에 따르면 이미 아는 이야기라고 하지 않던가요? 그런데 그 이야기를 처음 하는 당사자는 저 두 사람을 본 적도 없다니. 뭔가 이상하지 않아요?"

지운은 진하석을 바라보며 동의를 구했다. 정작 네 사람 중에 가장 의심스러운 사람은 바로 관치 그라는 듯 확신에 찬 눈빛이었다.

"아, 진짜 이상하게 돌아가네. 본래 이런 식으로 흘러가면 안 되는 건데."

관치는 예상치 못한 이들에 답답했는지 자신도 모르게 엉뚱한 소리를 하고 말았다. 물론 그 말은 잔뜩 신경을 곤두세우고 있는 모든 사람들 귀에 쏙쏙 박혀들었다.

"이런 식이라니. 그건 또 무슨 소리요?"

진하석은 갈수록 태산이라더니 오리무중도 모자라 완전히 진흙탕 속에서 진주 찾는 심정이 되어버렸다.

"내가 뭐하고 했소?"

관치는 화들짝 놀란 표정으로 방금 전 자신이 했던 말을 곧바로 부인했다. 그러나 이미 엎질러진 물이고 깨진 화병이었다.

지운은 잠시 뭔가 고민을 하는가 싶더니 관치를 향해 질문을 던졌다.
"혹시 당신도 누군가에게 이 일을 부탁받은 건가요?"
"……."
"더 이상 숨길 상황도 아닌 것 같은데 털어놓는 게 좋을 것 같군요."

딱딱한 어투로 용건만 간단이가 무엇인지 그대로 보여 주던 지운의 어투가 상당히 부드럽게 변했다. 마치 우는 아이 달래듯 당과를 쥐어주는 어머니의 그것과 같이 말이다.
"그러니까, 난주에서 부탁을 받기는 했는데……."
"그럼 관치라는 이름도 본명은 아니겠군요."
"아니요. 내 이름은 관치가 분명하오."

연준하가 말했던 것처럼 연준하는 맞지만 검협이 아니라는 말과 일맥상통하는 대답이 관치의 입에서 흘러나왔다. 지운은 이 정도면 자신은 풀어주는 게 어떠냐는 눈빛을 날렸고, 진하석은 당연히 그렇게 하겠다며 표사들에게 급히 눈짓을 보냈다. 결국 관치와 연준하에게 문제가 있는 것이지, 아미 검객 임표표 화중검에게 문제가 있지 않다는 것이 어느 정도 확정되었기 때문이다.
"소저, 방금 전 무례에 대해……."
"그 일은 잊기로 하죠. 지금은 왜 이들이 엉뚱한 사람 행세를 하고 다니는지 그것부터 알아내는 게 우선이군요."

"아, 물론입니다. 당연히 그렇게 해야죠."

"이번엔 저 역시 질문에 참가를 하겠어요. 사실 몇 가지 확인할 부분이 있었는데 참고 있었거든요."

"아, 그러셨습니까. 궁금한 게 있다면 당연히 풀으셔야죠."

진하석은 지운이 진짜 임표표임을 확인하자 차후 아미와의 관계가 소원해질까 두려워 최대한 고개를 숙여 보였다. 강호는 힘의 논리에 유지되는 세상이었고, 구파의 한 축을 담당하고 있는 아미는 충분히 대우를 받을 가치가 있는 이름이었다.

제3장. 설왕설래(說往說來)

설왕설래(說往說來)

−서로 변론(辯論)을 주고받으며 옥신각신함

 무장해제는 물론이고 지운의 도움을 받아 마혈을 제압해 놓은 관치와 연준하, 그리고 그의 사제는 용선표국의 사람들에게 둘러싸여 3차 진실 공방에 돌입했다. 이번 심문의 관건은 누가 왜 이런 부탁을 했는가 하는 것이었고, 왜 두 사람이 알고 있는 이야기가 서로 다른가 하는 것이 집중적 심문 대상이었다.

 그러나 심문을 들어가려는 순간, 그렇지 않아도 뒤숭숭해 머리 아픈 용선표국 사람들에게 또 다른 문젯거리가 터져 나왔다.

"으어헉!"

 난데없이 터져 나오는 기겁 소리가 표국 사람들의 마음을 철렁하게 만든 것이다.

"무슨 일이냐!"

"표, 표물이… 표물이……."

관치와 말다툼을 하다가 수레 쪽으로 가 앉아 있던 쟁자수 황중이 벌떡 일어나더니 뒷걸음질 쳤다.

진하석을 비롯한 표사들은 대번에 표정이 바뀌면서 표물 쪽으로 몸을 날렸고, 엉거주춤한 자세로 연방 뒷걸음치는 황중의 어깨를 붙잡았다.

"표물이 어떻게 됐다는 것이냐!"

진하석과 표사들은 황중이 가리킨 수레를 동그랗게 포위하더니 긴 상자 하나를 유심히 살펴보기 시작했다.

덜커덕.

"뭐, 뭐냐? 왜 상자가 움직이는 것이냐!"

진하석 역시 수레에 올려져 있던 상자가 흔들거리자 긴장된 표정을 감추지 못했다.

"이번 표행은 어떤 물건들을 운반하는 거죠?"

본래 표국의 물품 내역을 물어보는 것은 큰 실례가 되는 일이었지만 지운은 곧바로 질문부터 던졌다. 진하석 역시 이번엔 문제를 삼을 이유가 없다는 듯 바로 대답했다.

"잡다한 것들이오. 생필품은 물론이고……."

"그 외에 이상한 점은 없었나요?"

"딱히 이상한 점은 없었지만 상자 하나가 길쭉하고 견고한 것이……."

"저 상자를 말하는 것이겠군요."

지운은 여전히 달가닥 소리를 내며 흔들리는 상자를 가리켰다.

"그렇소. 바로 저 상자요. 생긴 것이 마치……."

"관은 아니지만 관으로 써도 무방한 크기군요."

애서 '관' 일 수도 있다는 부분은 부정하고 싶은 진하석이었기에 말을 아끼는 모습을 보였지만, 결국 지운의 입에서 '관' 처럼 보인다는 말이 흘러나오자 자신도 그렇게 생각하고 있다는 듯 고개를 끄덕였다.

"확인해보는 게 좋지 않을까요?"

"표행 중에 봉인을 뜯는 것은 금지된 일이라……."

"하지만 혼자서 움직이는 상자라면 이야기가 다르지 않겠어요? 만에 하나 대처할 수 없는 일이라도 생기는 날엔 감당하기 어려워질 수도 있어요."

"으음… 화중검 지운 소저의 생각이 그렇다면야."

진하석은 스스로 봉인을 뜯는 행위는 절대 할 수 없는 일이라며 은근히 그 책임을 지운에게 떠넘겼다. 정 궁금하면 본인이 나서보라는 뜻이었다.

"좋아요., 만약 문제가 생긴다면 제가 책임을 지도록 하죠. 어차피 무당에 가는 길에 벌어진 일이니 무당도 이해를 해 줄 겁니다."

지운은 용선표국의 표행에 뭔가 숨겨진 비밀이 있다 확신하며 기필코 내용을 알아내고야 말겠다는 표정을 지었다.

덜그덕.

상자는 처음보다 더 큰 진동을 보이며 흔들거렸고, 지운은 지체 없이 상자의 봉인을 뜯어내더니 뚜껑을 열어버렸다.

"......"

"......"

조심스럽게 상자 안을 확인하던 지운과 진하석은 '설마 했는데, 진짜?' 라는 표정을 지어야 했다.

"사람인 것 같습니다······."

흰 면포에 가려져 성별을 구분하긴 어려웠지만 일단 형태가 사람인 것은 분명했다.

"여인이군요."

"그걸 어떻게?"

"아이라고 보기엔 크고 사내라고 보기엔 작아요."

"그런가요?"

진하석은 지운을 위아래로 힐끔 훑어보더니 대충 고개를 끄덕였다. 지운의 말에 일리가 있다는 생각이 든 것이다.

지운은 자신과 상자 안의 사람을 비교하며 고개를 끄덕거리는 진하석이 괘씸했지만, 일단 안에 들어 있는 사람을 확인하는 것이 우선이었다.

"저기, 그런데 말입니다."

"네."
"이 표물이 무당행이라는 것은 알고 계시지 않습니까."
"물론이죠."
"혹시 상자 안의 사람이 지독한 악인이거나 범인을 후송하는 거였다면 우리가 위험해질 수도 있지 않겠습니까?"

진하석은 만약의 사태가 그런 식으로 벌어질 수도 있지 않겠냐며 지운을 바라봤다.

"아니요. 그럴 일은 없을 것 같군요. 만약 악인이나 죄인을 후송하는 일이었다면 표국에 일을 의뢰할 일도 없거니와, 만에 하나 그렇게 했다고 해도 무당에서 직접 사람을 보내 호위를 보강했을 겁니다."
"그것도 틀린 말은 아니지만……."
"우리끼리 설왕설래하는 것보단 당사자에게 물어보는 게 빠르지 않겠습니까?"

지운은 계속 이렇게 서 있을 거냐며 진하석을 재촉했다.

"그렇게 하죠."

진하석은 이미 봉인을 뜯어버린 상태라 방법이 없다는 듯 고개를 끄덕였다.

"어서 내리죠."
"네?"

상자에서 사람을 빼내라는 지운의 말에 진하석이 무슨 소릴 하는 거냐며 눈을 크게 떴다.

"왜 그런 눈으로 보는 거죠?"

"지운 소저가 말했지 않습니까."

"무슨······."

"저 사람은 여인이 분명하다고."

"아."

지운은 진하석이 무슨 말을 하고 싶은지 바로 이해했다.

"제가 실수를 할 뻔했군요."

지운은 쟁자수나 표사들의 힘을 빌리지 않고 자신이 직접 상자 안의 여인을 일으켜 안았다.

"막사로 돌아가죠."

진하석은 여전히 봉인을 뜯어낸 것에 걱정하는 눈빛이 남아 있었지만, 더 이상 물러설 곳도 없다 생각했는지 순순히 막사 안에 여인을 눕힐 곳을 준비해줬다.

상자 안에서 끌어낸 사람은 지운의 예상대로 여인이 확실했다. 얼굴을 가리고 있던 면포를 걷어내자 30대 초반으로 보이는 여인의 얼굴이 드러난 것이다.

"분위기가······."

진하석은 뭐라고 말해야 할지 모르겠다며 지운을 바라봤다.

"그러게요. 분위기가······."

두 사람이 여인의 모습을 딱히 정의하지 못하고 있을 때, 뒤쪽에서 몰래 여인을 훔쳐보던 황중이 입을 열었다.

"선녀 같다……."

 황중의 선녀 같다는 말에 진하석과 지운은 동시에 고개를 끄덕였다. 확실히 이쪽 세상과는 어울리지 않는 독특한 매력을 발산하는 여인이었던 것이다. 화사한 외모는 아니었지만 부드러우면서도 강함이 조화를 이루고 있었고, 짙은 눈썹과 동그랗게 솟아오른 이마는 여인의 성품이 곧고 지적일 거라는 상상을 하게 만들었다.

"고운 분이군요."

 지운은 여인의 얼굴을 보면 볼수록 빠져드는 느낌이 들었다. 그것은 진하석이나 다른 이들도 마찬가지였다. 그러나 이성이 여인을 탐하는 그런 몰입감이 아니라 자신의 누이나 어머니를 보는 듯한, 마치 향수에 젖은 나그네의 얼굴이 되어 있었다.

"아, 왜 이러지."

 여인의 모습을 바라보고 있던 황중이 눈가에 흐르는 눈물을 닦아내며 당혹스런 표정을 지었다. 온갖 험한 일은 다 겪고 세상에 거칠 것이 없다고 생각했던 황중에게 이런 경험은 도무지 이해할 수 없는 현상이었다.

"젠장, 왜 자꾸 엄마 얼굴은 떠오르고 지랄이야."

 황중은 괜스레 신경질을 내더니 막사 밖으로 나가 훌쩍거리기 시작했다. 그런 현상은 황중에게만 일어난 것이 아니었다. 여인을 바라보고 있던 모든 사람들이 뭔가 그리운 눈빛이 되었고, 그들 중 몇몇은 황중처럼 맑은 눈물을 뚝뚝 떨어트렸다.

지운 역시 어려서 자신을 거둬주셨던 사부가 떠올라 한동안 가슴이 뭉클거렸다.

"으음……."

몇 차례 몸을 뒤척이던 여인이 잠시 미간을 찡그리다 천천히 눈을 떴다.

"괜찮으세요?"

"괜찮으십니까?"

지운과 진하석은 여인의 몸에 혹시 이상이 있는 건 아닌지 걱정스런 눈빛이 되었다.

"여긴 어디……"

여인은 예상치 못한 장소와 처음 보는 사람들에게 둘러싸여 있음을 확인하자 잠시 경계의 태도를 보였다.

"아, 걱정하지 않으셔도 됩니다. 저희는……."

"용선표국 분들이군요."

"하하. 네, 네?"

여인의 입에서 용선표국이라는 말이 나오자 당연하다는 듯 고개를 끄덕이던 진하석이 떨떠름한 표정을 지었다. 자신들이 용선표국 사람임을 알고 있다는 것은 여인 스스로가 표물이 되어 있었음을 알고 있다는 뜻과 다를 바 없었기 때문이다.

"제가 생각보다 일찍 깨어난 모양이군요."

"아, 그것이······."

일찍 깨어났다는 여인의 말에 진하석과 지운은 딱히 뭐라고 설명해야 할지 갈피를 잡지 못했다.

"놀라셨겠어요. 표물에 사람이라니."

여인은 지운과 진하석의 반응이 어떤 의미를 담고 있는지 알고 있다는 듯 작게 미소를 지어 보였다.

"하하, 그러게 말입니다. 갑자기 상자가 움직이는 바람에······. 좀 더 주무셔야 하는데 깨운 건 아닌지······."

진하석은 스스로 자신이 하고 있는 말이 정말 이상하다고 느끼면서도 뭔가 다른 할 말을 찾아내지 못하고 있었다.

"그런데 왜 상자 안에······."

지운은 이해가 되지 않는다는 듯 여인을 바라봤다.

"그러게요. 저도 이해를 못하겠어요. 하지만 이해하려고 노력하지는 않아요."

"네?"

이해가 되지 않는다면서 이해하려고 노력할 생각은 없다는 여인의 말에 두 사람은 뭐라고 말해야 할지 몰라 눈만 껌뻑거렸다.

"합당한 이유가 있으니 그렇게 되었겠죠."

"······."

진하석과 지운은 크게 신경 쓸 일도 아니라는 듯 행동하는 여인의 태도에 어떻게 반응해야 적당한 것인지 계속 갈피를 잡을 수가 없었다.

"예상보다 일찍 깨어나긴 했지만, 확실히 상자 안에 누워 있는 것보다는 좋은 것 같네요."

"아, 네······."

"진하석 표두 님이시겠죠?"

"절 아시나요?"

진하석은 여인이 자신의 이름을 알고 있자 은근히 반가운 표정을 지었다.

"네. 그렇게 되었네요. 그런데 이쪽 분은······."

여인은 지운은 누군지 모르겠다는 듯 말끝을 흐렸다.

"아, 이분은 무림삼화 중 화중검의 자리를 차지하신 아미 검객 지운(地運) 임표표 소저입니다."

"아, 임 소저셨군요."

"네? 저도 아시는 건가요?"

"그러게요. 그래도 다행이네요. 눈을 떴을 때 할아버지들만 가득 앉아 있으면 어쩌나 걱정했는데."

여인은 가벼운 농담을 섞어가며 다시 미소를 지었다.

"저도 소개를 해야겠죠?"

"아, 그렇게 해주시면."

진하석은 여인이 자신을 소개하겠다는 말에 표정이 환해졌다.

"뭐라고 소개를 해야 하나……."

여인은 막상 자신을 소개할 말이 마땅치 않았는지 잠시 고민하는 표정이 되었다.

"그냥 편하게 말씀하십시오."

"후훗, 그럴까요? 진 표두님은 꼭 제 동생 같아서 마음이 편안해지네요."

진하석은 자신보다 어려 보이는 여인이 자신을 동생 같다고 하자 어색한 기분이 들었지만, 그래도 기분이 나쁘진 않았는지 어깨를 으쓱거렸다.

그러나 잠시 후 여인의 입에서 흘러나오는 첫마디에 날벼락이라도 맞은 듯 표정이 굳어버렸다. 그것은 진하석뿐 아니라 막사 안에 모여 있던 표사들과 쟁자수, 그리고 마혈이 눌린 채 눈만 떼룩거리고 있던 관치와 연준하 역시 마찬가지였다.

"벌써 이십 년이 넘은 것 같군요."

"……."

"고향에……."

"가시는 길이셨군요."

진하석은 여인의 입에서 다음 말이 흘러나오기도 전에 이미 다 알고 있다는 듯 대신 대답했다.

"이런, 제가 너무 티를 냈나요?"

"호… 혹시……."

진하석은 설마 하는 심정으로 조심스럽게 질문을 던졌다.

"네. 말씀하세요, 진 표두님."

"설마… 손소민. 손 아가씨는 아니시겠죠?"

"어머, 그걸 어떻게?"

여인은 자신의 이름을 이미 알고 있다는 듯 물어오는 진하석의 말에 놀라는 표정을 지었다.

"마, 말도 안 돼."

진하석은 자신이 어디서 뭘 하고 있는지 완전히 감을 잃어버렸단 생각이 들기 시작했다. 귀신에 홀리지 않고서야 연속해서 이런 일이 벌어지다니. 진하석은 이 일을 어떻게 받아들여야 할지, 또 어떻게 행동해야 할지 도무지 갈피를 잡을 수 없게 되어버렸다.

"그럼 그렇지. 손 아가씨가 그렇게 죽는다는 게 처음부터 마음에 안 들었었다고!"

상자 안에서 깨어난 여인이 관치의 이야기 속 손소민이라는 것이 확인된 순간, 몇몇은 바보 같은 표정을 지은 반면 막사 안 대부분의 사람들은 '내가 그럴 줄 알았어.' 라든지, '역시 이야기는 반전이 있어야……' 라든지의 말을 꺼내며 환호하는 분위기가 되었다. 단지 진하석만이 '그래. 동생이 떠오를 수밖에.' 라는 말을 흘리며 실망하는 표정이 되었다.

"제가 잠이 든 사이 무슨 일이 있었던 건가요?"

손소민은 표사들과 쟁자수들의 열화와 같은 반응에 영문

을 몰라 진하석을 바라봤다.
 "그게 말입니다……."
 진하석은 마혈이 잡힌 채 더욱 충격을 먹은 모습으로 손소민을 바라보는 관치를 가리켰다.
 "저 사람이 비를 피하는 동안 이야기 하나를 들려줬는데, 그 이야기 속에서 아가씨가 비극적 최후를 맞이했다는 것 아니겠습니까."
 손소민은 진하석이 가리킨 사람을 빠끔히 바라보더니 고개를 갸웃거렸다.
 "혹시 제가 아는 분인가요?"
 "저기 그게… 저는 관치라고 하는데요."
 "네에?"
 손소민은 관치가 자신을 관치라고 소개하는 순간, 자리에서 몸을 일으키더니 관치 쪽으로 성큼 걸어갔다.
 "저… 저기, 제가 손 아가씨의 관치라는 건 아니고요. 아니, 관치 님이라는 건 아니고요. 저도 이름이 관치다 보니……."
 손소민은 말까지 더듬거리며 '이게 아니고요!' 라는 표정을 짓는 관치를 보며 뭔가 짐작이 간다는 듯 고개를 끄덕였다.
 "그럼 옆에 계시는 두 분은 화산검협 연준하와 그의 사제분이겠군요."
 "아니요. 저도 연준하가 맞기는 한데 절대 화산검협은…

아니, 그분은 아니고요. 이놈도 제 사제가 맞기는 한데 검협 그분의 사제는 아니라서……. 그것이 어떻게 된 일이냐면 말입니다, 옆에 이 자식이 저에게 그렇게 해달라고 간곡히 부탁을 하는 바람에……."

진하석은 손소민 앞에서도 또다시 헛소리를 늘어놓는 관치와 연준하를 보며 한심하다는 듯 고개를 흔들었다.

"이렇게 이야기 속의 당사자가 직접 나타났는데도 계속 헛소리를 할 거요?"

"아, 미쳐 버리겠네. 진짜 그랬다니까!"

연준하는 정말 억울하고 답답한지 진하석을 바라봤다.

손소민은 한동안 생각에 잠기기도 하고 몇 차례 고개를 갸웃거리기도 하더니 다시 입을 열었다.

"제가 잠든 사이 무슨 일이 있었는지 누구 알려 주실 분 없으신가요?"

"손 아가씨, 제가 설명해드리겠습니다."

막사 구석에서 일이 재미있게 흘러간다는 듯 구경을 하고 있던 쟁자수 초 영감이 구수한 웃음을 지으며 입을 열었다.

"네. 경청할게요."

초 영감은 손소민이 자리를 옮겨 다가오자 비를 피하는 동안 있었던 일들을 꼼꼼히 설명하기 시작했다.

"그러니까 관치 씨의 이야기에 따르면, 회산검협은 완진히 이상한 인간이군요."

"허허, 그런 셈이죠. 이야기를 듣는 중에도 그럴 리가 없다는 생각을 하긴 했지만, 저 친구가 워낙 이야기를 구성지게 하는 통에 그냥 그렇게 넘어갔었습니다."

"그리고 저는 이야기가 시작되자마자 죽어버렸고, 관치 그 사람은 꽃밭에 들어가 즐거운 시간을 보냈다. 이것이 관치 씨가 들려준 이야기의 대부분이군요."

"네. 그렇긴 합니다만 그 와중에 사마건이라는 해결사 이야기도 들어 있었고, 당문의 참화와 정체불명의 흑의인들도 포함돼 있긴 했습니다."

"그렇군요. 그런데 연준하 씨는 그와 다른 이야기를 알고 있다고 했나요?"

"네. 아, 그것이… 완전히 다른 이야기는 아니고요. 군데군데 좀……."

"그 군데군데라는 게 어떤 부분인지 들려줄 수 있나요? 몇 가지 확인하고 싶은 게 있는데."

"아, 물론입니다. 감히 누구 앞이라고 거짓을 고하겠습니까."

손소민은 감히 누구 앞이라는 말에 어색한 미소를 지어 보였다.

"그냥 편하게 말씀하세요. 저는 그렇게 특별한 사람이 아니에요."

설왕설래(說往說來) • 85

"무슨 말씀을요! 저 사람이 부탁했을 때 사실 손 아가씨의 사정이 너무 가슴 아파서 이 일을 허락했는걸요. 사제, 그렇지 않아?"

"그… 그래요. 저랑 사형은 손 아가씨의 열혈애인(熱血愛人)입니다."

말수 없던 사제란 사내가 손소민의 열혈애인이라는 말을 꺼내자 여기저기서 살기 돋친 눈빛이 날아들었다.

"아… 그게 열혈애인이라기보다 그 뭐냐… 아! 열혈호인(熱血好人)입니다. 네, 아무렴요."

사제의 입에서 열혈호인이라는 말이 흘러나오자 자신들 역시 그렇다며 표사들과 쟁자수들이 고개를 끄덕였다.

"어이, 정 표두, 자네는 당민영이 제일 좋다고 했잖아. 은근슬쩍 끼어드는 게 아니야."

"이 사람이 내가 언제? 본래 손 아가씨가 최고였고, 이야기 속에서 그렇게 돌아가시고 나니 그다음에 당민영이 젤 나아 보인다고 했었지. 말을 바로 하라고."

손소민은 표사들이 티격태격하자 작게 미소를 짓더니 짤막히 질문을 던졌다.

"여러분들은 관치 님과 민영이 가장 잘 어울린다고 생각했었나 보군요."

"아니요! 설마요. 그냥 이야기가 그렇게 흘러가다 보니 들은 것뿐이죠."

쟁자수들과 표사들은 당치도 않다며 곧바로 손을 내저었다.

손소민과 막사 안 사람들 사이에 작은 교감이 오가는 중에 한동안 입을 다물고 있던 지운이 손소민에게 말을 걸었다.

"저기……."

"네, 지운 님."

"아, 지운은 제 법명이구요. 이름은 임표표라고 해요. 그냥 동생으로 부르셔도 되고요."

"아, 그렇군요. 그럼 표 동생이라고 부를게요."

"네."

"그런데 뭔가 물어보려고 하지 않았나요?"

"네……. 만약에 말이에요."

"네."

"관치라는 그 사람이 손 언니. 언니라고 불러도 되죠?"

"물론이죠."

"언니가 아닌 다른 사람과 맺어지는 부분에 있어서 생각해 보신 적은 있나요?"

예상치 못한 지운의 질문은 막사 안 분위기를 대번에 바꿔 놓았다. 내심 누가 관치와 이어지는가에 대해서 토론까지 벌였던 사람들이었기에 지운의 질문은 모두의 시선을 끌어 모으기 충분했다.

"관치 님이… 다른 사람과 말인가요?"

"네."

"글쎄요······. 생각해보진 않았지만······."

"만약에 그런 일이 생긴다면 어떻게 하실 건가요?"

"그런데 왜 그걸 물어보는 거죠? 아, 그렇군요. 표 동생은 이미 관치 님과 만난 적이 있군요."

"그게······."

지운은 오히려 질문을 해오는 손소민의 태도에 살짝 기가 죽은 표정이 되었다. 그리고 지운의 그런 모습은 진하석과 다른 사람들을 또 한 번 바보로 만들어버리고 말았다.

"뭐야. 그럼 화중검 임 소저는 저들이 가짜임을 이미 알고 있었단 말이야?"

"도대체 쉴 틈을 안 주네. 이건 또 무슨 소리래?"

"답해주실 수 있나요?"

지운은 기어들어가는 소리로 다시 질문을 던졌다.

"그 질문에 대한 답은 잠시 미루는 것이 좋을 것 같군요."

"······."

"이렇게 하면 어떨까요? 관치 씨와 연준하 씨가 했던 이야기 중에 알려지지 않은 부분이 있는데 그걸 이야기해주면? 표 동생이 내 이야기를 모두 들은 후에도 스스로 답을 찾지 못한다면 그때 답변을 해줄게요."

사람들은 관치 이야기의 핵심이나 다름없는 존재가 직접 이야기를 해준다는 말에 서로 좋은 자리를 선점하고자 부산을 떨었다. 이야기꾼이 들려준 배배 꼬인 이야기가 아니라 사실을 근거로 하는 진짜 이야기를 들을 수 있게 된 것이다.

"좋아요. 언니의 이야기를 들어보고 답을 찾거나 듣도록 하죠."

손소민은 지운의 대답에 웃음을 보이더니 막사 중앙에 자리를 잡고 앉았다. 처음엔 그냥 그러려니 넘어갈까 생각도 했지만, 관치와 연준하가 들려준 관치의 이야기는 각색도 많고 왜곡이 심하게 되어 있어 자칫 관치에 대한 타인의 느낌이 어긋날 수도 있다는 생각이 든 것이다. 손소민은 자신을 위해서라도 내용을 바로잡을 필요성이 있다고 생각했다.

제4장. 역지사지(易地思之)

역지사지(易地思之)

-처지를 바꾸어 생각함

"저분들도 편하게 이야기를 들으면 안 될까요?"

손소민은 여전히 마혈이 눌려 꼼짝도 못하고 있는 관치와 연준하, 그리고 그의 사제를 가리켰다.

"그래도 될까요?"

진하석은 여전히 미심쩍은 부분이 많은 자들이라며 '그냥 놔두는 것이.'라는 표정을 지었다. 그러나 손소민은 그럴 필요가 없다는 듯 마혈을 풀어주고 함께하는 게 좋겠다고 이야기했다.

"손 아가씨의 뜻이 그렇다면야……."

진하석은 지운을 바라보며 세 사람을 풀어달라는 눈짓을 했다.

"아, 본래 저들을 제압한 것은 진 표두님이 아니라 표 동생이었군요."

"험험, 그건 아니고요. 지운 소저의 도움을 받기는 했지만 전적으로 우리 용선표국에서……."

"네. 믿을게요. 그런데 왜 표 동생을 부를 때 지운이라고 하는 건가요?"

진하석은 그렇지 않아도 그 부분이 맘에 들지 않았는지 냉큼 사연을 이야기했다.

"그렇군요. 사적인 친분이 없으니 법명으로 불러달라고 했던 것이군요."

"아무리 그래도 그렇지. 이것도 인연이라면 인연인데 정말 너무 딱딱합니다. 본래 성격인지, 아니면 그렇게 되어버린 건진 모르겠지만……."

"진 표두님."

"네, 손 아가씨."

"진 표두님은 아직 여인을 만나본 적이 없는 것 같군요."

"그게 무슨?"

진하석은 뜬금없이 여인을 만나본 적이 없는 것 같다는 손소민의 말에 '그럴 리가요!' 라는 표정을 지었다.

"후훗, 역시 그렇군요."

"제 나이가 몇인데……."

"사내가 여인을 만나 마음을 얻는 것은 나이완 무관한 일이죠."

"……."

 손소민은 진하석이 당황한 눈빛을 보이자 그럴 줄 알았다며 미소를 보이더니 입을 다물어버렸다.

 사람들은 손소민과 진하석 사이에 뭔가 비밀스런 눈빛이 오갔음을 깨달았지만 그 내용이 무엇인지는 대놓고 물어볼 수가 없었다. 상황이 묘하게 흐르고 계속해서 사건의 연속이다 보니 진하석이 어떤 사람인지 잠시 퇴색되기도 했지만, 그는 자신들의 밥줄을 움켜쥐고 있는 최종 책임자였다. 그 점을 망각했다간 큰일이 날 수도 있었다.

 무슨 일이든 뒤끝 많고, 성격은 고약한 데다, 자린고비처럼 자기 돈은 죽어도 안 쓰는 인간이 바로 용선표국 표두 진하석인 것이다.

"막상 이야기를 하려고 보니 어디서부터 시작해야 할지 모르겠네요."

 다른 이들처럼 이야기를 매끄럽게 이끌어가는 재주가 부족했던 손소민은 어디서부터 어떻게 이야기를 해야 할지 감을 잡을 수가 없었다.

 내심 기대 어린 시선으로 손소민을 지켜보고 있던 사람들은 그녀가 머뭇거리며 입을 떼기 어려워하자 답답증이 생길 것만 같았다.

 손소민의 모습을 손녀딸 보듯 바라보고 있던 초 영감이 이래선 안 되겠다 싶었는지 먼저 입을 열었다.

"손 아가씨, 사실 이야기를 한다는 게 남의 이야기를 들을 때처럼 쉬운 일은 아니랍니다."

"하, 정말 그러네요. 머릿속에 하고 싶은 말은 떠오르는데 입이 잘 떨어지지가 않아요."

손소민 역시 초 영감의 말에 고개를 끄덕이며 난감한 표정을 지었다.

"이렇게 하면 어떻겠습니까? 제가 딱히 재주가 큰 것은 아니지만, 아가씨가 이야기를 하기 편하게 이끌어주는 것도 나쁘지 않을 것 같은데."

"아, 그렇게 해주시겠어요?"

손소민은 초 영감의 말에 반가운 표정이 되었다.

"제가 그렇게 해도 괜찮겠습니까?"

초 영감은 진하석과 임표표를 보며 양해를 구했다. 두 사람도 제대로 된 관치와 손소민의 이야기를 듣는 것이 목적이었기에 당연히 반대를 할 이유가 없었다.

"좋습니다. 일단 가장 먼저 해주실 이야기는 아가씨가 관치 그 친구를 언제 처음 만났는가 하는 것입니다. 우리가 알기론 이십삼 년 전이라고 들었습니다만, 어디까지나 그것은 관치 그 친구 입장에서 들었던 부분이기 때문에 반쪽짜리 이야기가 아니겠습니까?"

"제가 그 사람을 처음 만났던 그날에 대해 이야기하면 되는 거죠?"

"바로 그렇죠. 사실 관치 그 친구가……. 이거 참, 앞의 이야기를 듣는 동안 관치라는 분에 대해서 그렇게 호칭을 하다 보니 어느덧 입에 붙어버렸습니다그려. 아가씨만 괜찮다면 계속 그렇게 부르고 싶은데 괜찮겠습니까?"

"물론이에요. 초 할아버지가 그렇게 불러주는 걸 알면 그 사람도 무척 기뻐할 겁니다. 그 사람은 나이가 어린 이보다 오히려 할아버지처럼 나이가 많고 세월의 흔적을 간직한 분들을 더 좋아하는 경향이 있거든요."

"아가씨가 그렇게 말씀해주시니 그럼 편하게 부르도록 하겠습니다. 우리가 알고 있기로 아가씨와 관치의 만남은 이십삼 년 전 첫 고백 때라고 들었습니다. 그런데 이야기의 시작이 그렇게 되었을 뿐이지, 사실 처음 본 사람에게 무작정 고백을 하는 경우는 없지 않겠습니까?"

손소민은 초 영감의 말에 당연하다는 듯 고개를 끄덕였다.

"그래요. 서로 알지도 못하던 남녀가 한마디 교감도 없이 무작정 고백만 늘어놓는다는 건 어려운 일이죠. 저 역시 그분을 처음 만났던 것은 이십삼 년 전이었습니다. 하지만 초 할아버지 말씀처럼 고백을 받던 날 처음 본 것은 역시 아니었죠."

"껄껄껄, 그랬을 거라 생각했습니다."

초 영감은 소민이 말을 할 때마다 맞장구를 치며 이야기를 끌어갔다.

"매년 봄이 되면 저는 가족들과 함께 무당산 자락에 벚꽃 구경을 다니곤 했어요. 붉고 하얀 꽃잎들이 바람에 날려 세상을 장식하는 모습을 보고 있노라면 마치 천상의 구름 위를 거니는 느낌이 들어서 봄바람에 몸을 맡기고 총총걸음을 걸어 다녔죠. 그럴 때면 어깨에 날개라도 돋은 듯 몸이 가벼워지고 가슴이 두근거렸답니다."

"그곳에서 관치 그 친구를 처음 봤던 거군요."

소민은 초 영감의 말에 수줍은 듯 고개를 끄덕였다. 그 후 소민은 다시 소녀 시절로 돌아간 것처럼 상기된 표정으로 이야기를 이어갔고, 적절한 순간마다 초 영감의 맞장구를 통해 그녀의 어릴 적 꿈 많던 시절의 기억이 사람들 속으로 잔잔히 스며들었다.

◈ ◈ ◈

"어떻게 되었어? 이곳에 관치 그자가 있는 거야?"

시커먼 복면을 뒤집어쓰고 음침한 곳에 숨어 있던 정체불명의 사내가 슬그머니 모습을 드러냈다.

"그게, 솔직히 모르겠소."

잠시 일행에서 떨어져 나온 표사 한 명이 바지춤을 내리더니 소변 누는 시늉을 하며 고개를 가로저었다.

"모르겠다니, 그게 무슨 소리냐? 이곳에 있으면 있는 것이고 아니면 아닌 것이지, 솔직히 모르겠다니?"

흑의인은 말이 되는 소리를 하라며 표사를 닦달했다.

쏴아아.

"이런, 젠장. 어디다 싸는 거야!"

대충 모양새만 꾸밀 줄 알았던 표사가 경쾌한 소리를 내며 오줌을 싸자, 그 밑에서 몸을 감추고 있던 흑의인의 입에서 당장 욕지거리가 흘러나왔다.

"제길, 하필이면 그런 곳에 숨어 있는 것이오? 일행들 태반이 여기다 싸고 누던데."

표사는 숨을 곳을 잘못 골랐다며 오히려 흑의인을 타박했다.

"빌어먹을, 어쩐지 냄새가 구리다 했다."

흑의인은 일행들 태반이 싸고 누는 곳이란 말에 급히 자리를 피했지만, 이미 곳곳에 흔적이 남아 있는 데다 날이 어두워 물컹한 것을 밟고 말았다.

"이런! 똥 밟았다!"

"……."

표사는 밑에서 들려오는 찝찝한 소리에 몸을 부르르 떨더니 바지춤을 끌어올렸다.

"괜히 여기저기 옮겨 다니다 똥독 오르지 말고 좀 더 기다려 보시오."

"미치겠군. 위에선 지금 당장 정보를 가져오라고 하는데 언제까지 기다리란 말이냐?"

"그게 문제가 있다고 하지 않았소. 분명히 처음엔 관치 그 자가 맞는 것 같았는데 지금은 상황이 달라졌단 말이오."

"상황이 달라지다니?"

"난데없이 화산검협 연준하가 나타나 소란이 생겼소."

"뭐? 화산검협도 이곳에 있단 말이야?"

"아니, 그게 아니라. 아, 진짜 머리 아파 죽겠네. 아무튼 검협이든 관치 그자든 현재로선 모두 가짜라고 판명이 된 상태니, 현재까지 상황만 따지고 본다면 이곳엔 없다고 보고하는 것이 맞을 것이오."

"그래? 그럼 그렇게 보고를 하마."

흑의인은 조금이라도 빨리 배설지를 벗어나고자 더 이상 할 말이 없으면 용선표국 쪽은 신경 쓸 필요 없다고 보고하겠다 말했다.

"아니, 아직은 안 된다니까 그러네."

"아니, 이 자식이 지금 날 놀리는 거냐?"

"나라고 이러고 싶은 줄 아시오? 소관치나 화산검협은 가짜인 것 같은데, 난데없이 실종 처리되었던 손소민이 이곳에 나타났단 말이오."

"뭐, 뭐야?"

흑의인은 손소민이라는 말에 놀라는 목소리가 되었다.

"그런데 지금까지 모두 진짜였다고 생각한 것들이 전부 가짜로 둔갑을 해버리는 바람에 손소민의 정체도 진짜 손소민인지, 아니면 또 다른 손소민인지 분간이 가질 않는단 말이오."

표사는 확신을 가지고 보고를 올리기가 정말 난감한 상황이라며 흑의인에게 하소연을 했다.

"손소민이 있으면 손소민인 것이지, 손소민이 아닌 손소민일 수도 있다는 건 또 무슨 소리야?"

"다시 말할 테니 잘 좀 들어요. 처음에는 소관치가 나타났소."

"그런데?"

"잠시 후엔 아미파 제자 한 명이 합세를 하더니."

"뭐? 아미파 제자가 이곳에 있었어?"

흑의인은 갑자기 아미파 제자가 있다는 표사의 말에 '그런 말은 없었잖아!' 하는 표정이 되었다.

"자꾸 말 끊지 말고 좀 들어보란 말이오."

"알았어. 알았으니 빨리빨리 좀 해. 오줌 누러 간 놈이 왜 안 오나 의심하겠다."

"아무튼 그때까지만 해도 소관치가 용선표국의 표행에 끼어들었다고 확신을 하고 있었소. 그런데 느닷없이 화산검협 연준하와 그의 사제가 나타났단 말이오."

"그래서?"

"그래서 어쩌긴, 봉 잡았다 싶어서 바로 보고를 하려고 했지."

"그런데?"

"그런데 뭔가 엉뚱한 소리가 오고 가기 시작하더니, 모조리 가짜가 되어버렸단 말이오."

"……"

"아직도 이해가 안 되는 것이오?"

표사는 왜 이리 말귀를 못 알아먹느냐며 답답해했다.

"네가 말을 제대로 못하고 있는 건 생각 안 하냐!"

흑의인 역시 핵심은 건너뛰고 앞뒤 시작과 결과만 이야기하는 표사의 태도에 울컥했다. 그렇지 않아도 인분 냄새 때문에 머리가 돌 지경인데 보고를 하는 놈까지 머리를 복잡하게 만든 것이다.

"아, 몰라. 아무튼 소관치가 맞기는 한데 우리가 찾는 소관치는 아니고, 연준하와 그의 사제가 맞기는 한데 화산검협 연준하는 아니더라 이 말이오. 그런데 그냥 아미의 제자라고 생각했던 사람은 화중검 임표표라고 하질 않나, 그 와중에 하늘로 솟아오른 것처럼 흔적도 찾을 수 없던 손소민이 한숨 잘 잤다고 깨어나니 이걸 어떻게 받아들여야 할지 모르겠단 말이오."

"젠장할 놈. 하필이면 너처럼 말 못하는 놈과 어쩌다 한 조가 되었을까. 그러니까 현재까지는 모조리 가짜만 모여 있다, 이거지? 거기다 새로 누군가 나타난다고 해도 그게 진짜인지 확인하기도 어려운 상황이고?"

"간단히 설명하자면 그런 말이긴 한데, 그게 딱히 가짜라고 못을 박기도……"

"야, 이 새꺄! 나보고 어쩌라고? 계속 그렇게 왔다리 갔다리 할래?"

보고를 하는 표사 입장에선 올바른 정보를 구할 수 없어 답답한 마음이었지만, 정작 뭐가 뭔지 감을 잡을 수 없는 보고만 듣고 있는 흑의인 입장에선 당장 주먹을 날리고 싶은 심정이 되었다.

표사는 그런 흑의인의 모습에 길게 한숨을 쉬더니 다시 바지춤을 내렸다.

"뭐야? 방금 쌌잖아?"

"안 되겠소. 큰 거 보는 시늉이라도 하고 있어야지. 이러다 누가 나타나기라도 하면 혼자 미친놈 될 수도 있잖소."

"……"

"끄응… 으으응."

"야! 시늉만 한다며?"

흑의인은 엉덩이를 까고 주저앉은 표사가 끙끙거리는 소리를 내자 불안한 눈빛이 되었다.

"떡 본 김에 제사 지낸다고, 일단 까고 앉으니 마려워집니다."

"……."

뽀오옹.

"아이고, 이건 생리적 현상이라 조절이 잘……."

"빌어먹을 자식. 정말 더러워서 못해먹겠네."

표사는 연방 끙끙거리며 힘을 주면서도 어떻게든 막사 안에서 벌어지고 있는 상황을 설명하려고 애썼고, 흑의인은 질식할 듯 사방에서 피어오르는 냄새에 골이 흔들리면서도 자신의 상급자에게 보고할 상황을 정리하고자 자리를 뜨지 못하는 희한한 풍경이 계속해서 이어졌다.

✦ ✦ ✦

"저기, 궁금한 게 있는데……."

조용히 소민의 어린 시절 이야기를 듣고 있던 관치가 조심스럽게 입을 열었다.

"네. 물어보세요."

소민은 자신이 아는 건 모두 이야기해주겠다는 듯 살가운 미소를 지었다.

"관치가 고백을 했을 때 말입니다."

"네."

"왜 그냥 마음을 받아주지 않으셨는지. 제가 듣기론 그날 일에 대해 후회를 많이 하셨다고 해서……."

관치는 다른 이야기들보다 '정말 궁금한 점'만 물어보기로 마음을 먹었는지, 대놓고 20년 전 관치가 고백을 했을 때 왜 그렇게 냉정한 반응을 보였는지 궁금해했다.

"그것은……."

관치의 질문에 다들 호기심 어린 얼굴로 소민을 바라보다 그녀가 대답을 망설이는 기미를 보이자 고개를 갸웃거렸다. 지금까지의 이야기를 종합해보면 그럭저럭 두 사람의 인연이 다시 이어지고 있는 것 같아 보이는데, 정작 두 사람 사이의 직접적인 연관 부분에 대해서 이야기가 나오면 소민이 대답을 꺼리고 있었기 때문이다.

"이미 오래전 이야기이라 말씀해주시기 어려운 겁니까?"

"미안해요. 그 부분은 조금 생각을 해봐야 할 것 같아요."

과거 왜 관치의 고백을 받아들이지 않았는지에 대해 대답하는 것이 고민을 해봐야 할 일이라는 소민의 말에 다들 어리둥절한 표정을 지었다. 소녀가 소년의 고백에 살짝 튕길 수도 있는 거지, 설마 소민이 그걸 심각하게 받아들일 줄은 몰랐던 것이다.

"손 아가씨, 대답하기 불편한 것은 하지 않으셔도 됩니다. 그냥 다들 궁금해서 물어보는 것이니 편하게 생각해주십시오."

진하석은 소민의 표정이 조금 어두워지자 당장에 관치를 노려봤다.

"아니, 그냥 나는……."

관치는 다들 궁금해해놓고 왜 자신만 죽일 놈 만드느냐는 듯 억울한 표정을 지었지만, 입 다물라는 무언의 압박에 조용히 고개를 숙여 버렸다.

"아가씨, 관치가 이야기한 것과 저기 연준가 알고 있는 이야기에 다른 점이 많다던데, 혹시 그 외에 또 잘못된 점이 있으면 그거라도 한번 이야기해주십시오. 워낙 재미있게 듣던 이야기라 뒷이야기가 상당히 궁금해서 말입니다."

"그게 좀 문제가 있어요."

"문제라니요?"

"모두들 보셨겠지만 제가 그 사람과 함께한 시간은 극히 제한적이었고, 또 다급한 상황에서만 이루어지곤 했죠."

사람들은 자신들도 익히 아는 부분이라며 고개를 끄덕였다.

"그래서 사실은 저 두 분보다도 아는 게 없는 상태랍니다. 사실 제가 언제 상자 안에서 잠이 들었는지도 정확히 기억이 나지 않는 상황이라……."

용선표국 사람들은 과거 이야기 몇 개 들려주곤 더 이상 할 말이 없다는 소민의 말에 완전히 허탈한 표정이 되어버렸다. 나름 진짜 이야기를 기대하고 있었기에 소민의 말은 큰 실망감을 안겨 주고 말았다.

"인니, 좀 진에 저에게 했던 말과는 좀 결괴기 다른 것 같은데요."

 더 이상 할 말이 없다는 소민의 말에 조용히 이야기를 듣고 있던 지운이 당장에 입을 열었다. 듣고 판단하고, 그래도 모르면 알려 주겠다고 하던 사람이 언제 그랬냐는 듯 입을 싹 닦아버리니 화가 날 만도 했다.

"표 동생에겐 미안해. 이야기하기 곤란한 부분이 있다는 걸 잠시 망각했던 것 같아. 하지만 조만간 모두 이야기할 수 있게 될 거야."

"그렇군요."

 곤란한 부분이 있어 말하기 어렵다는 소민의 태도에 지운의 표정은 더욱 굳어졌다. 자신이 알지 못하는 관치와 소민 사이의 곤란한 부분. 그것이 존재한다는 것만으로도 지운의 마음엔 상처가 쌓여 갔다.

"괜히 저 때문에 분위기가 엉망이 되어버렸는걸요. 관치 님이라고 했죠?"

"아, 네."

"어떻게 그 사람의 이야기를 알고 있는지 모르겠지만, 아직도 뒷이야기가 많이 남아 있지 않나요?"

"그렇긴 하지만……."

 관치는 지금 이 상황에 계속 이야기를 해도 되는 건지 모르겠다며 사람들의 표정을 살폈다.

"들려주세요. 저도 그 사람이 어떻게 지내왔는지 궁금한 점이 많아요."

"그럴까요……."

관치는 은연중 진하석의 눈치를 보며 어떻게 할지 결정을 해달라는 표정을 보였다.

"어차피 날이 밝으려면 시간이 남아 있으니 그것도 나쁘지 않겠습니다. 하지만 이번엔 관치 저 사람의 말만 듣는 것보다 연준하 저 사람이 알고 있는 부분도 함께 들었으면 좋겠습니다."

"그래. 그게 좋겠어. 한쪽 이야기만 듣다 보니 뭔가 치우친 느낌이 강했거든."

"사기꾼 양반, 이야기해줄 거지?"

쟁자수들과 표사들은 가라앉은 분위기를 바꿔볼 요량으로 장난스럽게 말을 걸었다.

"그럼요, 해주고말고요. 사실 저 사람의 이야기는 너무 일반화된 경향이 있어서 좀 식상하셨을 겁니다. 하지만 제가 들려드릴 이야기는 전혀 그렇지 않으니 기대하셔도 됩니다."

연준하는 맞지만 화산검협은 아니라던 사내가 곧바로 입을 열었다.

"무슨 소리. 당신이 어디서 무슨 이야기를 주워들었는지는 모르지만, 내 이야기가 원전(原典)에 가깝다는 걸 알아야지."

"원전은 무슨. 왜곡도 그 정도면 거의 막나가는 거지."

"좋아. 서로 이야기를 해보면 결국엔 알게 되겠지. 누가 말도 안 되는 소리를 하고 있는지 말이야."

"그래? 원한다면 대결해주지. 어디 먼저 시작해보라고. 조금이라도 어긋난 부분이 있으면 당장에 내가 끼어들 테니까."

진하석은 이런 와중에도 서로 옳다고 자존심 싸움을 하는 관치와 연준하의 모습에 바로 도끼눈을 떴다.

"그만들 하는 게 좋겠군."

"아, 네."

"그, 그렇죠. 좀 시끄러웠죠? 하하."

진하석은 두 사람의 대답에 고개를 젓더니 거의 말이 없는 연준하의 사제에게 시선을 돌렸다.

"당신은 아는 바가 없소?"

"듣기도 하고 보기도 했습니다."

"그런데 왜 아무 말도 안 하는 것이오?"

"말재간이 없어서 그렇습니다."

"흠……"

진하석은 무뚝뚝한 얼굴로 조용히 자리만 차지하고 있는 사제의 모습에 잠시 고민을 하는가 싶더니 다시 말을 이었다.

"그대는 저 두 사람의 이야기가 모두 어긋났을 때 지적을 해주면 어떻겠소?"

"그 정도의 일이라면……."

"좋소. 그럼 그렇게 합시다. 어차피 맘먹고 이야기를 듣자고 하는 판국이니 이왕이면 잘 듣는 것도 좋은 일이겠지."

진하석은 관치 쪽으로 시선을 돌리며 이제 이야기를 시작하라고 눈짓했다.

"그게, 어디까지 이야기했었는지?"

관치는 사건 사고가 많아서 이야기의 흐름을 놓쳐 버린 것 같았다.

"화월각 각주가 시집온다고 떼쓰는 부분이었네."

"아니지. 그리고는 밖으로 나갔잖아. 화산검협이 난주를 벗어나지 못하고 도와달라고 하던 장면에서 끊겼지."

관치의 이야기에 푹 빠져 있던 쟁자수 하나가 다른 쟁자수의 말에 고개를 흔들더니 어디서 이야기가 끊겼는지 정확히 짚어주었다.

◎　◎　◎

"아직 난주도 벗어나지 못했군. 거기다 천하의 연준하가 나 같은 사람에게 보호 요청이라……."

◎　◎　◎

"잠깐!"

다시 관치가 이야기를 잇는 순간, 역시나 연준하가 발끈하고 나섰다.

"왜 또?"

"그건 아니지. 뭔가 크게 잘못 알고 있거나 의도적으로 화산검협을 뭉개려는 것 같은데, 그 부분은 본래 이렇게 돌아간 거야."

◎　◎　◎

"왜 아직 난주에 있는 것이오? 지금쯤 화산으로 향해야……."

관치는 의외의 장소에서 연준하와 마주치자 어떻게 된 일이냐며 질문을 던졌다.

"아직은 화산에 갈 때가 아닌 것 같소."

"그게 무슨 말인지……."

"나는 화산검협 연준하요."

"그대가 검협임은 세상 모두가 알고 있소."

"연준하는 결코 적을 두고 몸을 피하지 않지."

"……."

연준하는 이대로 화산에 돌아간다는 것은 결코 용납할 수 없는 일이라며 자신의 의지를 밝혔다. 당문을 공격하고 자신을 궁지에 몰아넣은 자들을 응징하지 않고선 검협의 이름을 지킬 수 없다고 생각한 것이다. 연준하는 계속해서 말을 이었다.

"오랜 시간 알고 지낸 것은 아니지만, 관치 그대는 남들이 갖지 못한 특별한 재능이 있는 것 같소. 나에게 힘을 빌려줄 수 있겠소?"

"힘을 빌려 달라는 것은 정식으로 의뢰라도 하겠다는 뜻이오?"

"의뢰라. 그것도 틀린 말은 아니군."

"정말 그들을 상대할 생각이군."

"피할 수 없는 적이라면 내가 찾아나서는 것도 나쁘지 않다고 생각했소."

관치는 단호한 음성으로 자신의 의지를 밝힌 연준하의 모습에 고개를 끄덕였다.

"검협의 뜻이 그렇다면 그렇게 해야지. 좋소. 의뢰를 들어봅시다. 일단 자리를 옮기는 게 좋겠소."

관치는 길거리에서 나눌 이야기는 아니라며 연준하를 데리고 화월각으로 걸음을 옮겼다.

◎　◎　◎

"이렇게 된 것이오. 세상에 아무리 바보 같은 자라고 해도 그가 무림인이고, 또 명성을 가진 자라면 이게 정상적인 행동 아니오?"

연준하는 연방 검협을 비하하는 발언과 내용으로 이야기를 끌어가는 관치의 방식은 왜곡된 시선이 동반된 것이라고 주장을 폈다.

"여러분들이 보기엔 어느 것이 더 현실적인 것 같습니까? 과연 무림 후기지수의 선봉이자 화산의 차세대 고수라는 연준하가 좁은 골목길 지나는 것도 아니고 사방이 열린 난주를 벗어나지 못해 비굴하게 행동했다는 게 말이 되느냔 말입니다."

연준하의 말에 진하석은 물론 표사들과 쟁자수들까지 '그건 그러네.' 하는 표정으로 관치를 바라봤다.

"아니, 지금까진 별말 없이 잘 듣고 있다가 저 사람 말 한마디에 다들 너무하는 것 아닙니까?"

관치는 함께 이야기 나눈 시간이 얼만데 너무 쉽게 돌아서는 것 아니냐며 서운한 표정을 지었다.

"무슨 소린가. 우리는 자네가 이야기하는 동안 계속해서 지적을 했다고 보는데. 화산검협이 변태로 몰리고 바보 같은 행동을 할 때마다 말하지 않았나. 세상에 어떻게 그런 사람이 검협으로 이름을 얻고 후기지수의 수좌가 될 수 있냐고."

"하지만······."

역지사지(易地思之) • 113

"됐네. 이야기는 이야기일 뿐이라며 말을 돌릴 땐 언제고 이제 와서 서운한 표정 짓기는."

표사들과 쟁자수들은 개떼 몰려다니듯 우르르 관치에게 집중 공격을 했다.

연준하는 관치의 입지가 좁아지자 흐뭇한 표정을 짓더니 다시 입을 열었다.

"어떻습니까? 관치 저 사람의 이야기를 듣는 것보다 제 이야기를 들으시는 것이. 과대망상에 가까운 왜곡된 정보보다 현실적이고 직접 눈으로 보는 듯한 이야기가 더 좋지 않겠습니까?"

"그래. 연준하 자네가 이야기하는 게 좋겠네. 관치 저 사람 재미있다, 재미있다 해줬더니 하늘 높은 줄 모르는구먼."

관치는 연준하의 말 한마디에 순식간에 궁지에 몰려 버리자 복장이 터질 것 같은 얼굴이 되었다. 표사 한 명이 그런 관치를 향해 중얼거리듯 한마디 던졌다.

"이보게, 난 자네 이야기가 더 재미있다네. 너무 실망하지 말고 다시 기회를 보게. 사실 말이 나왔으니 말이지 곧이곧대로 이야기하면 어디 그게 흥이나 나겠는가. 자고로 이야기란 하는 사람도 재미가 있어야 하는데 다들 너무하는 것 같아."

"아, 역시. 진정으로 이야기를 들을 줄 아시는 분이십니다."

관치는 은근히 자신을 응원해주는 목소리에 금세 화색이 돌았다.

"일단은 연준하의 이야기를 들어보세. 저 친구도 이야기를 하다 보면 제 흥에 겨워서 결국 왜곡된 방향으로 이야기가 흘러갈 테니, 그때 자네가 다시 복귀하게."

"알겠습니다. 저 사기꾼 놈이 틈을 보이는 순간, 다시 제가 북채를 빼앗고 둥둥둥 소리를 내보겠습니다."

다른 표사들과 쟁자수들은 관치와 그 표사의 이야기를 들으며 '웃기고 있네.' 하는 표정을 지었다.

"과연 그런 기회가 있을지 모르겠네. 연준하 저 친구 단단히 마음을 먹은 것 같은데. 껄껄껄."

"자, 자, 이제 관치 저 친구는 잊어버리고 저에게 집중을 해주십시오. 바로 코앞에서 펼쳐지는 실감나는 이야기로 보답해드리겠습니다."

손소민은 관치와 연준하가 서로 자신의 이야기가 옳다며 티격태격하는 모습을 보며 잔잔한 미소를 지었다. 그러나 지운은 여전히 딱딱한 표정을 풀지 않고 뭔가 생각에 잠긴 듯한 표정을 고수할 뿐이었다.

손소민은 그런 지운의 모습에 잠시 고민스러웠지만, 별수 없다는 듯 연준하의 새로운 이야기에 귀를 기울이기 시작했다.

제5장. 자강불식(自强不息)

자강불식(自强不息)

-스스로 힘쓰고 쉬지 아니함

 미란과 민영은 귀찮은 표정을 지으며 밖으로 나가버렸던 관치가 연준하를 데리고 돌아오자 어리둥절해했다. 화산을 향해 부지런히 발품을 팔아도 부족할 판에 다시 모습을 나타냈으니 당연한 반응이었다.
 "어떻게 된 건지……."
 미란은 혹시 흑의인들이 몰려온 것은 아닌가 싶어 불안한 표정을 지었다.
 "걱정하지 마시오. 적들이 찾아온 것은 아니오."
 "그럼 다행이지만."
 미란은 완전히 마음을 푼 상태는 아니었지만 걱정하지 않아도 된다는 관치의 말에 안도하는 모습을 보였다.

"그런데 검협은 화산에 가신 게 아니었나요?"

"생각이 바뀌었소."

"생각이 바뀌었다는 건 무슨 뜻인가요?"

미란은 이해를 못하겠다는 듯 관치를 바라봤다. 대신 설명을 해주었으면 하는 눈치다.

"일단 자리에 앉읍시다. 민영 소저도 이쪽으로 오시오."

관치는 서서 할 이야기는 아니라는 듯 두 사람에게 함께 자리를 권했다.

"저는 차라도 내오겠습니다."

"그렇게 해주겠소."

민영은 당연한 일이라며 작게 고개를 숙이더니 밖으로 걸음을 옮겼다. 연준하는 힘든 일이 있었음에도 차분한 마음을 잃지 않고 언제나 최선을 다하는 민영의 모습에 고개를 끄덕였다.

"민영 소저와의 혼인은 어떻게 되는 것이오?"

관치는 민영에게 시선을 떼지 못하는 연준하의 모습에 궁금하다는 듯 질문을 던졌다.

"애초부터 쉽지 않은 일이었소."

연준하는 정략이라는 방법을 통해 여인을 취하는 것에 상당히 거부감을 가지고 있었다.

"정략이 되었든 그것이 아니든 서로의 마음이 통할 수만 있다면 문제가 없다고 보는데."

관치는 혼자서 생각하고 혼자서 결정해버리는 연준하에게
'그것은 좋지 못한 습관이네.' 라는 표정을 지었다.

"안다고 행할 수 있다면 세상에 어려움이란 존재치 않을
것이오. 당신이 신경 쓸 일은 아니니 관심을 두지 마시오."

 관치는 도움을 주고자 한 말이었지만, 연준하 입장에선 그
런 관치의 행동이 오히려 민영과 자신의 사이에 방해가 된
다고 생각하는 것 같았다.

 관치 역시 연준하가 자신을 탐탁지 않게 생각한다는 것을
모르는 바는 아니지만, 그가 민영과 관련된 부분에선 너무
과하다 싶을 정도로 반응을 보인다 생각했다. 그러나 이미
한 세월 흘려버린 자신과 한창 혈기가 피어나는 연준하를
비교하는 것 자체가 우습다 생각했는지 가볍게 웃음만 보일
뿐이다.

"그렇게 합시다. 민영 소저에 관한 일은 함구하도록 하지.
그런데 정말 그들과 맞설 생각이오?"

"당연하지."

"나는 물론이고 그대도 흑의인들에 대해 아는 것은 전무한
상태라 봐도 무방한데, 무슨 수로 그들을 상대하겠다는 것
이오? 그러다 오히려 벌집을 건드리는 우를 범할 수도 있
소."

 관치는 알지 못하는 적과 싸우는 일이 얼마나 위험한 일인
지 다시 한 번 연준하의 결심에 제동을 걸었다.

"이미 마음먹었소. 자신이 뱉은 말을 스스로 지키지 못하는 자는 이부지자라고 한 사람이 누군지 생각해보시오."

"모든 일엔 순서가 있고 그에 합당한 때가 있는 법이오. 검협 그대도 말하지 않았소. 생각한 대로 행동이 따른다면 못할 게 무엇이냐고. 지금 그대가 하는 말은 스스로 했던 말을 번복하고 책임을 지지 않는 행동이라고 말하고 싶소?"

"훗, 상대를 가르치려는 당신의 못된 습관은 언제 고치려 들지 매우 궁금하군. 언제고 그 습관 때문에 큰일을 치르게 될 것이오."

"후후후, 물론이오. 나는 나의 이런 성격 때문에 큰일을 치르게 될 거라 생각하고 있소."

연준하는 스스로도 큰일을 당할 수 있다며 납득해버리는 관치의 행동에 웃음이 흘러나왔다. 당연히 비웃음이었다.

"좋지 못한 습관을 고쳐야 한다고 외치는 사람이 정작 자신의 습관은 고치지 못하고 있으니."

"내 습관이 좋다고는 말할 수 없지만, 그렇다고 나쁘다고 할 수는 없소. 그대의 말처럼 내 언변이 문제가 되고 또 그로 인해 피해를 볼 수도 있겠지만, 그것은 어디까지나 나 한 사람에 국한된 것이니 남에게 피해를 줄 일이 없소. 그러나 지금 그대가 결심했다는 적과의 대결은 무의미하고 무책임하며, 자신의 명예와 자존심을 회복하기 위해 곳곳에 피해를 줄 수도 있다는 점을 명심하시오."

"알고 있지. 이 일로 인해 벌집이 부서지며 웅웅거리는 벌떼가 사방으로 퍼져 나갈 수도 있음을 말이오."

"그것을 알고 있으면서도 하겠다는 것이오?"

관치는 고집을 꺾으라고 했다. 혼자서 뭔가를 하려고 하는 것은 과욕일 뿐이고, 정말 그렇게 일을 하자고 한다면 혼자가 아닌 모든 이들의 도움을 받아 철저히 준비를 하는 것도 맞다고 설득하고 싶었다.

"그래서 당신을 찾아온 것이 아니겠소. 솔직히 두 번 다시 마주치고 싶지 않은 얼굴이긴 하지만……."

"그대는 나를 과소평가하기도 하고 과대평가하기도 하는군. 어떤 도움을 받고자 다시 돌아온 건지 모르겠지만, 당신은 내가 누구인지 벌써 망각한 듯싶군."

"어떤 사람인지 망각을 했다?"

"벌써 잊은 것이오? 나는 작은 객잔 뒤뜰에서 소일거리로 세월을 보내던 사람이오."

"아니지. 절대 그건 아니지. 객잔 뒤뜰에서 장작이나 패던 사람이 할 수 있었던 일이 아니었지. 두서넛만 모여도 맞상대하기 어려운 자들을 수십이나 무찌르고, 그 먼 거리를 이동해 난주까지 오는 일은 절대 있을 수 없는 일이지."

"난 누군가를 무찌른 적이 없소."

"꼭 검을 들어 상대의 목을 치는 것만이 싸움이라 말하고 싶은 것이오? 후후후, 당신을 만나기 전 그런 이야기를 들었다면 나 역시 똑같은 말을 했겠지. 하지만 검을 들어 몇을 상대하는 것보다 더 무섭고 두려운 것이 있음을 두 눈으로 확인한 이상, 순순히 고개를 끄덕이며 물러설 수도 없게 되었다는 걸 알아줬으면 좋겠군."

관치는 연준하의 고집을 꺾기가 어렵다는 걸 느끼기 시작했다. 죽음을 각오한 자만이 풍길 수 있는 지독한 악취가 관치의 코끝을 연방 괴롭혔다.

"정확히 뭘 원하는 것이오?"

"당신의 모든 것."

"나에게 모든 것이란 없소. 모든 것을 제외한 미약한 일부만이 타인을 위해 남겨 둔 유일한 부분이오."

관치는 상대가 누구라 할지라도 자신의 모든 것을 내줄 수 없다고 했다.

"처음부터 게으르고 겁이 많다는 건 알고 있었지만 너무하는군."

"게으르고 겁 많은 자에게 부지런을 떨고 목숨을 내놓으라고 하는 자보단 낫지."

"제가 한마디 해도 될까요?"

관치와 연준하의 대화를 조용히 듣고 있던 미란이 끼어들었다.

"검협 당신의 정확한 목적이 뭐죠?"

"적을 상대함에 있어 목적이란 단 한 가지뿐이오. 당 소저 역시 무림인이니 무엇을 원하는지 알고 있을 것 아니오."

"그렇군요. 네. 무슨 뜻인지 알겠어요. 그런데 좀 당혹스럽군요."

"당혹?"

"그렇게 흑의인들을 상대하고 싶다면 관치 님이 아니라 화산의 힘을 빌려야 하는 것 아닌가요? 현 무림에서 가장 강력한 힘을 보유한 곳은 바로 연 공자의 화산파예요. 그런데 그 큰 힘은 제쳐 두고 왜 엉뚱한 사람에게 목숨을 내놓으라고 고집을 피우는 건가요?"

미란은 연준하의 요청이 억지라고 볼 수밖에 없었다.

"……."

연준하는 미란의 말에 잠시 생각할 시간이 필요한지 조용히 있었다.

"연 공자가 화산파를 움직인다면 저와 민영은 관치 님을 설득해보죠. 어때요. 정말 관치 님의 힘이 필요하다면 그 정도 조건은 충족을 시켜야 할 것 같은데. 어느 한쪽의 희생만 강요하는 것은 불공평하니까요."

미란의 입에서 불공평하다는 말이 나올 때쯤 민영이 차를 가지고 돌아왔다.

"죄송해요. 공간이 익숙지 않다 보니 시간이 좀 걸렸네요. 그런데 제가 없는 사이 이미 이야기들이 오간 모양이군요."

민영은 자신도 알아야 하지 않겠냐며 관치와 미란을 바라봤다.

"연 공자께서 흑의인들을 상대하겠다고 하는구나."

"연 공자께서요?"

민영은 그게 정말이냐는 듯 연준하를 바라봤다.

"그렇소. 나는 이미 결심을 굳혔소."

"그런데 뭐가 불공평하다는 거죠?"

민영은 미란의 마지막 말을 떠올리며 연준하가 흑의인과 싸우기로 결심한 것이 어떤 불공평을 만들어냈는지 궁금해 했다.

"연 공자는 관치 님에게 전반적인 지지를 요구하고 있구나."

"그렇군요. 하지만 관치 님은 무림인도 아니신데 그 흑의인들을 상대하실 수 있을까요?"

말은 연준하게에 하는 듯했지만 민영의 질문은 매번 미란에게 향했다.

"상대할 수 있다고 해도 할 수 없는 일이지. 당문이 과거의 성세를 유지하지 못한 상태였다고 해도 그렇게 허망한 패배는 있을 수 없는 일이었다. 그러나 결과를 봐라. 가문은 멸문에 가까운 피해를 입었고, 우리 둘 역시 적들에게 목숨을 잃을 뻔했다. 거기다 왜 그런 일이 벌어졌는지, 또 그런 자들이 어디서 튀어나왔는지도 모르는 상태다."

"그렇죠. 우리는 우리의 적이 누구인지도 아직 모르는 상태죠."

 민영은 왜 그런 결심을 했냐는 듯 연준하에게 시선을 돌렸다.

 "당시엔 경황이 없어 속수무책이었지만, 이번엔 그렇게 되지 않을 것이오. 철저히 준비를 해서……."

 "연 공자님."

 민영은 작게 고개를 흔들며 연준하의 말을 막았다.

 "말씀하시오."

 "타초경사의 우를 범할 수도 있는 일입니다."

 "……."

 "관치 님, 어떻게 하실 생각이신지."

 민영은 연준하가 말을 멈추자 이번엔 관치의 의견을 물었다.

 "나는 할 수 없소."

 "네. 그러실 거라 생각했어요."

 민영은 관치의 대답에 고개를 끄덕이더니 연준하에게 다시 입을 열었다.

 "고모의 말이 맞는 것 같아요. 연 공자님의 바람을 막을 수는 없지만, 그 바람을 위해 누군가의 목숨을 바랄 수는 없는 일이라 생각합니다."

 "민영 소저, 그대는 억울하지도 않소?"

 연준하는 가문이 멸망을 당했는데도 그들과 싸우는 것이

합당치 않다는 민영의 말에 답답한 표정을 지었다.

"연 공자님, 말씀이 지나친 것 같군요."

"무슨 뜻이오?"

"부모 형제를 잃은 이에게 억울함을 물어보지 않았습니까."

"아······."

연준하는 자신도 모르게 당연한 것을 당연하지 않은 듯 물어봤음을 깨달았다. 이미 충분히 억울하고 분할 텐데 그렇지 않은 것처럼 질문을 던졌으니 실수를 한 것이다.

"얼마 전까지 관치 님은 장작을 패던 분이라는 걸 알고 계시죠?"

"그렇소."

"그렇다면 장작을 패는 사람에겐 장작을 요구해야지 다른 것을 요구해서는 안 된다는 것도 알고 계시겠군요."

"······."

"조금 더 생각을 깊게 해보세요. 상대에게 뭔가를 바라고 요구하고 싶다면 무작정이 바라기만 할 것이 아니라 그에 합당한, 그리고 필요한 것을 말할 줄 알아야 한다고 생각해요."

관치와 미란의 반대에도 절대 굽히지 않던 연준하는 차분한 목소리로 자신을 바라보는 민영의 모습에 결국 입을 다물어야만 했다. 손뼉도 마주쳐야 소리가 나는 법인데, 이상하게도 민영에게는 그것이 쉽지 않았기 때문이다.

◘　　◘　　◘

"헷갈리네."
표사 하나가 알다가도 모르겠다는 표정을 지었다.
"왜 그러십니까?"
연준하는 자신의 이야기를 잘 듣고 있던 사람들이 아리송한 표정을 짓자 영문을 모르겠다는 얼굴이 되었다.
"확실히 좀 더 현실적이고 타당성 있는 대화라고 생각되기는 하지만 뭐라고 할까, 알맹이가 없다고 할까?"
"알맹이가 없다니, 그게 무슨 뜻입니까?"
연준하는 더더욱 모르겠다는 표정이 되었다.
"그건 내가 이야기하지."
알쏭달쏭한 표정으로 고개를 갸웃거리며 대답하지 못하는 동료를 보며 옆에 있던 표사가 답답하다는 듯 대화에 끼어들었다.
"네. 말씀해주십시오."
"관치 저 친구가 이야기를 할 땐 좀 황당하기도 하고 중구난방으로 흘러가는 경향이 없지 않았지만, 최소한 지루하진 않았다네."
"제 이야기가 지루하다는 뜻입니까?"

"아니지. 그냥 지루한 거라면 그걸로 끝이겠지."

"그런데요?"

연준하는 '그럴 리가 없는데.' 하는 표정으로 표사를 바라봤다.

"관치 저 친구의 이야기 속엔 사람 사는 맛이 있다고 할까? 물론 등장인물들이 좀 어지럽기는 하지만 감정이라는 게 잘 느껴졌거든. 그리고 그들이 뭘 하고 있는지도 확실히 드러나고 말이야."

"그래. 내 말이 그 말이야."

더듬더듬 설명을 하지 못하고 있던 표사가 동료의 말에 맞장구를 쳤다.

"물론 검협이 바보처럼 나오거나 변태 취급을 받고 관치가 여자들에게 둘러싸여 행복한 고민을 하는 등의 설정이 좀 진부하긴 해도, 다들 듣고 싶은 종류의 이야기라는 거지. 그런데 자네의 이야기는 그런 게 없단 말일세. 수박 겉만 핥는 느낌이라고 할까? 뭔가 맛이 나질 않아."

"현실적인 대화나 관계를 이야기하면 그렇게 보일 수도 있겠습니다만, 자극적이고 톡톡 튀는 것만 맛보다 보면 나중엔 어떤 이야기를 들어도 그게 그거인 것처럼 지겹게 느껴지진 않을까요?"

연준하는 이야기에 문제가 있는 게 아니라 이야기를 듣는, 또 그런 종류의 자극을 원하는 사람들에게 더 문제가 있는 것 아니냔 의견을 내세웠다.

"물론 자네 말에도 일리는 있네. 본래 처음엔 밋밋해 보여도 시간이 흐를수록 참맛을 알아가는 이야기도 있겠지. 하지만 생각해보게. 우리는 그런 맛이 느껴질 때까지 이곳에서 며칠이고 시간을 보낼 수 있는 입장도 아니고, 또 언제 다시 이야기를 들을 수 있을지 알 수도 없는 관계가 아닌가. 시간은 부족하고 이야긴 듣고 싶으니 어쩔 수 없는 선택이란 말이지. 좀 황당하고 어이없게 느껴지긴 해도, 말도 안 되는 방향으로 흘러가지 않는 이상 나름대로 그것이 신선한 재미가 있단 말이네."

"신선해요? 이해가 되지 않는군요. 매번 비슷한 구도에 비슷한 설정, 그리고 비슷한 이야기로 우려먹는 관치 같은 놈의 이야기가 더 재미가 있다니. 신선이 아니라 식상하다고 표현해야 어울리는 것 아닌가요?"

연준하는 자극적인 장면이 넘쳐나야 한다는 표사들의 의견에 용납할 수 없다는 표정을 지었다.

"자네 뭔가 착각을 하고 있는 것 같은데, 백날 떠들어도 아무도 들어주지 않으면 그것이 아무리 좋은 글이고 재미난 내용을 담고 있다고 해도 결국엔 저주받은 명작이 되어 세월 속으로 사라진다는 것을 말하는 것이네."

"아니죠. 좋은 이야기가 저주를 받고 세월 속에 사라지게 만드는 건 이야기를 하는 사람이 아니라, 매번 식상한 소재에 자극적인 내용만 요구하는 청자(聽者)들에게 문제가 있는 거죠. 결국엔 질리고 질리도록 듣다 보면 또 그 이야기냐며 시큰둥한 표정을 짓지 않습니까. 그러면서 이야기를 하는 사람들에게 성의가 없다는 둥, 자기 복제라는 둥 온갖 악평은 모조리 쏟아 붓죠. 더 이상 들을 이야기가 없게 된 건 이야기를 만드는 사람이 아니라, 그런 이야기만 요구하는 불성실한 청자들 때문이라고는 생각해보지 않았느냔 말입니다."

"그걸 누가 모르겠는가. 하지만 시간이나 때워보자고 듣기 시작한 이야기가 노력과 인내를 요구한다면 그걸 어떻게 참고 듣겠느냐, 이 말이지."

"됐습니다. 결국 여러분들의 그런 생각 때문에 제대로 된 이야기를 하고 싶어도, 먹고사는 문제로 인해 이것저것 뻔한 이야기나 짜깁기하며 연명해야 하는 이야기꾼들이 늘어나는 것 아닙니까."

"자네 너무 흥분한 것 같군. 마음을 좀 가라앉히는 게 좋겠네. 그냥 부담 없이 이야기나 즐기자고 시작한 건데 이러다 싸움 나겠네."

연준하의 이야기에 '그건 좀 아니지.' 하는 표정을 지었던 표사와 쟁자수들은 뜨끔한 표정으로 그의 시선을 외면해버렸다. 어차피 듣는 사람을 위해 하는 이야기인데 대충 못 이기는 척하고 넣어주면 좋으련만, 눈까지 부라리며 성질을 내니 이야기를 시작하기 전보다 분위기가 더 엉망이 되어버렸다.

 그러나 연준하의 그런 행동에 바로 큰소릴치는 사람이 있었으니, 바로 관치였다.

 "붙잡혀서 이야기나 하는 주제에 어디서 큰소리야? 기껏 얻은 기회를 그따위로 날려 버리니 더 이상 방법이 없는 거지. 사람과 사람 사이엔 적정선을 어기지 않는 한도 내에서 타협이라는 걸 하며 살아가야 하는 거야. 도대체 어디서 어떻게 이야기를 듣고 왔는진 모르겠지만, 최소한 나에게 이야기를 해준 사람은 화자(話者)의 의도하에 듣는 사람들이 즐거워할 수 있는 자유로움을 포기하지 말라고 하더군. 가끔은 있는 듯 없는 듯 돌려서 이야기를 할 줄 알아야 문제가 생기지 않는다고 말이야."

 "싸구려 이야기꾼 주제에 누굴 가르치려 드는 거냐?"

 "그래. 난 싸구려 이야기꾼이야. 그래서 누구든 내 이야기를 들어준다고만 하면 그저 이야기를 하고 싶은 욕심에 물불 가리지 않는 싸구려 중의 싸구려지. 연준하 당신 뭔가 착각하고 있는 것 같은데, 우리가 해야 할 이야기는 진중하고 철학적 사고에 입각해 알아먹지도 못하는 말들을 줄줄 늘어놓으며 배부른 표정을 짓는 게 아니란 말이지. 누구든 쉽게 다가오고, 어렵지 않게 이해할 수 있는 그런 이야기를 하는 것이 이야기꾼의 진정한 목표라고 할 수 있지."

"지치는군. 누가 그걸 몰라서 지금껏 떠든 줄 알아? 그런 과정을 거쳐 완성된 이야기가 초반 몇 마디 시작 부분만 보고 재미없다 치부하는 청자들의 태도를 비판하고 있는 거라고."

"청자들은 단순해. 그리고 영악하지. 그들은 자신이 듣고 싶은 것만 들으면서 깊이 있는 걸 요구하거든. 사실 여기 있는 사람들 중에 그걸 모르는 사람이 있다고 말하는 건 아니겠지?"

"당연한 소리 자꾸 지껄일 거야?"

연준하는 불난 집에 기름 붓느냐며 관치를 노려봤다.

"바로 거기서 머리를 쓰란 말이야. 아무래도 내가 한 수 보여 주는 게 좋겠다. 넌 잠깐 쉬어라."

사람들은 연준하와 관치의 언쟁을 지켜보면서 나름 미안한 마음이 들었는지 험험, 마른기침들을 해댔다. 사실 자신들은 편히 앉아서 즐기는 입장이고, 상대는 머리를 굴리며 떠들어야 하는 입장임을 망각했기 때문이다. 쉽게 듣고 쉽게 얻을 수 있다 생각하니, 그것을 만들어내는 상대도 쉽게 만들고 쉽게 떠든다 생각해버렸던 것이다. 이건 이래야지, 저건 저래야지 말은 하면서도, 정작 본인들에게 이야기를 끌어가라고 하면 그게 안 된다는 걸 누구보다 잘 알고 있으니 말이다.

결국 초 영감이 대표로 입을 열었다.

"이보게, 관치."

"네, 영감님."

"연준하에게 한 번 더 기회를 주는 건 어떻겠는가?"

"다시 말입니까?"

관치는 자신이 이야기를 하고 싶은지 초 영감의 부탁을 달가워하는 눈치가 아니었다.

"그러지 말고 다시 한 번 이야기를 들어보세. 연준하 저 친구의 말대로 시작을 가지고 모든 걸 평가해버린 우리도 잘못이 있으니 말일세."

"음… 영감님이 그렇게 말씀을 하신다면야……."

관치는 아쉬운 듯 입맛을 다시더니 연준하를 바라봤다.

"할 거야?"

"당연하지."

연준하는 이대로 물러설 수 없다는 듯 단호한 눈빛을 보였다. 뼈대 있는 이야기꾼이라면 어떻게든 자신의 말을 증명해 자존심을 지켜야만 했다.

◎　◎　◎

연준하는 고민에 빠졌다. 아무리 기습적인 상황이었다곤 하지만, 내심 자신의 실력에 자부심을 가지고 있던 그에겐 큰 상처가 된 것이다. 그것도 도움을 주겠다며 찾아간 당문에서 그런 일을 당했으니 민망함은 이루 말할 수 없었다. 자신의 정인이 될 여인을 지키고 보호해주지는 못할망정 정신 없이 도망을 쳐야 했으니, 민영 앞에만 서면 말이 제대로 나오지 않고 자신의 의견을 강하게 펴지도 못했다. 연준하는 흑의인들을 물리치고 다시 자신의 명예를 되찾지 못한다면 영원히 떳떳치 못한 사람으로 기억될 수 있다는 생각에 무리인 줄 알면서도 고집을 피운 것이다.

"민영 소저."

한동안 말이 없던 연준하가 힘겹게 입을 열었다.

"네."

"나에게 다시 한 번 기회를 줄 수는 없는 것이오?"

"기회라니… 무슨 말씀인지 모르겠군요."

"모두가 정략혼인이라고 입을 모았지만 나에겐 그 이상의 의미가 있었던 일이오."

연준하는 자신이 민영과의 혼인을 단순 정략적 관계 이상으로 생각하고 있었다고 말했다.

"지금에 와서 그것들에 의미를 부여할 이유가 있을까요?"

가문을 위해 희생을 강요당했던 민영 입장에선 그런 식으로 안정을 모색하던 가문이나, 그것을 빌미로 자신을 요구하던 화산파나 다를 바가 없었다. 당연히 그 부산물이나 마찬가지인 연준하의 존재 역시 달가울 리가 없었고, 모든 게 끝나버린 지금에 와선 다시 그 이야기를 거론할 이유가 없었던 것이다. 아니, 다시는 거론하지 싶지 않은 게 민영의 마음이었다. 한창 꿈을 키워나가던 어린 여인에겐 그 모든 것이 부정한 것으로 비춰진 것이다.

"물론… 그대에게 뭔가를 요구하거나 조건을 맞추려는 건 아니오. 단지."

"정략적 관계가 아니었다고 해도 나와 혼인을 했을 거라고 말하고 싶은 건가요?"

민영은 연준하가 말을 맺기도 전에 먼저 입을 열었다. 언제나 차분함을 잃지 않던 그녀였지만 이번만큼은 그녀의 음성이 작게 떨림을 일으켰다. 물론 그 떨림이 행복에 겨운, 또는 기쁨에 의한 떨림이 아니라는 건 방 안에 있는 모든 사람들이 느낄 수 있었다.

"나는… 나는……."

연준하는 매몰찬 민영의 음성에 자신의 마음은 그것이 아니었다는 듯 연방 '나는'을 읊조렸다.

"차가 식었어요. 이만 돌아가 주세요."

민영은 어느새 차갑게 식어버린 찻잔을 만지작거리며 연준하에게 돌아가줄 것을 요구했다. 더 이상 보고 싶지 않다는 의미였다.

"그대가 아무리 말린다 해도 나는… 그들에게 복수를 하고 말 것이오. 그리고 모든 게 완벽하진 않겠지만… 사천에 그대의 집이 다시 세워지는 걸 도울 것이오. 그리고 그대의 마음을, 아니 용서를 받고 싶소."

연준하는 왜 이렇게 어려운 일을 하려고 하는지, 모두가 불가능하다고 하는 일에 매진을 하는지 그 이유를 말하고 싶었다. 처음부터 솔직하게 말했으면 어떻게 되었을까 하는 생각도 들긴 했지만, 더 늦기 전에 어떻게든 말을 꺼냈으니 그나마 다행이라는 생각도 들었다.

언제나 당당하고 어느 정도 거드름도 피울 줄 알며, 그렇게 하는 게 당연할 정도로 무림에 두각을 나타내던 화산의 미래가 안타까운 음성으로 사정을 하고 있었다. 민영과 미란의 눈빛에 흔들림이 일어났다. 연준하라는 사내 한 명이 자신의 과오를 자인하고 잃어버린 명예를 되찾고자 필사의 노력을 하고 있음이 느껴진 것이다.

한동안 말이 없던 민영이 관치에게 시선을 돌렸다.

"관치 님……."

관치는 자신을 부르는 민영의 음성에 수만 가지 감정이 섞여 있음을 느꼈다. 그리고 그 많은 감정 중에 그녀가 말하고 싶어 하는 단 한 가지 의미. 관치는 그것 역시 놓치지 않고 확인할 수 있었다. 하지만 그런 것까지 알아채고 확인되는 자신의 재능이 오늘따라 정말 불쾌하고 부질없게 느껴졌다.

"정말 그것을 원하는 것이오?"

관치는 다시 한 번 확인을 해야 했다. 그녀의 마음에 정말 변화가 일었는지, 변화가 생겼다 해도 그것이 단순한 변심에 의한 것인지 아니면 확고한 믿음에 의한 것인지.

"죄송해요."

"음……."

죄송하다는 말과 함께 고개를 숙여 버리는 민영. 관치는 답답한 듯 한숨을 내뱉었다.

"좋소. 하지만 이건 부탁을 받는 게 아니라 의뢰를 받는 것이오. 그리고 한 가지 명심해야 할 것이 있소. 세 사람이 나라는 사람에 대해 어떻게 생각하고 판단하는지 모르겠지만, 나는 특별히 뭔가 잘하는 사람이 아니오. 그저… 내가 말하고 약속한 것을 지키고자 노력할 뿐이지."

"관치 님……."

"그래서 나는 이 선택이 올바른 것인지, 아니면 잘못된 것인지 판단을 하지 않으려 하오. 결과를 장담할 수는 없지만 결과에 다다르도록 그렇게 해보리다."

곁에서 민영과 관치의 대화를 듣고 있던 연준하의 고개가 천천히 들렸다.

"정말 도와주는 것이오?"

관치는 무심한 눈길로 연준하를 바라보다 다시 입을 열었다.

"내가 주려는 것은 도움이 아니라 단지 책임을 지려는 것이오."

"책임……."

"미란 소저, 나는 이곳의 각주를 만나봐야 할 것 같소. 검협에게 숙소를 마련해주시겠소?"

세 사람이 대화를 나누는 동안 거의 침묵을 고수하고 있던 미란. 그녀는 아직 이야기가 끝나지 않았다는 듯 관치를 바라봤다.

"의뢰비는 어떻게 할 건가요?"

"의뢰비는… 그대가 알아서 책정해주시오."

"네, 그렇게 하죠."

화월각의 총책임자이자 세상의 밤을 지배하는 흑점의 총점주 묵진설. 그녀는 관치의 요구 사항에 깔깔깔 웃음을 터트렸다.

"미치기라도 한 건가요?"

"대답하고 싶지 않소."

묵진설은 끝까지 자신에게 공대를 하는 관치의 태도에 짜증스런 표정이 되었다.

"정말 저를 남처럼 대하는군요."

"일은 일로써 관계를 맺을 뿐, 그 이상도 이하도 아니라 생각하오."

사무적이고 일괄적인 관치의 어투. 어려서부터 본래 고집이 세고 자신의 생각이 깊다는 것은 알고 있었지만, 설마 이 정도로 고지식할 줄은 예상치 못했다는 듯 묵진설은 지친 얼굴이 되었다.

"돌부처도 이쯤 말했으면 알아먹었겠어요. 도대체 뭐가 문제인 거죠?"

"어떤 문제도 없소."

"문제가 없다니요! 오라버니는 제 정혼자예요. 부정할 수 없는 현실이라는 걸 왜 모르시나요!"

"당사자 간의 협의나 공증이 없는 경우 모든 계약은 백지가 된다고 알고 있소. 나는 그런 일을 알지도 못하고, 또 이제 와 알았다 해도 검증된 사항이 없으니 그에 따를 의무도 없소."

"그렇겠죠. 그렇게 똑똑하고 대단해서 기약도 없는 약속을 지키기 위해 모든 걸 버렸던 건가요?"

진설은 웃기지 말라는 듯 톡 쏘아붙였다.

"무슨 말을 하고 싶은 것이오?"

"정말 몰라서 묻는 건 아니겠죠?"

"……"

관치가 갑자기 바보라도 된다면 모를까, 진설이 무엇을 이야기하는지 모를 리 없었다. 그러나 그것을 안다고 해서 진설의 말에 고개를 끄덕이고 싶지도 않았고, 그럼으로써 감정적 대립이 생겨나는 건 더더욱 원치 않았다.

"죽산 출신. 마을에 조그만 무관을 운영하던 손하용의 장녀. 오라버니가 모든 걸 버리고 말도 없이 이십 년을 떠나

있게 만들었던 손소민이라는 여자에 대해 이야기를 나눠야 할 것 같군요."

"……"

"저와 관련된 일에는 청개구리처럼 무조건 반대로만 반응하시더니, 손소민이라는 여자에겐 망부석이라도 된 양 아주 대단한 희생을 하셨더군요."

"희생을 하고자 한 적 없소. 단지……."

"단지 약속을 지키기 위해 노력했을 뿐이다? 이렇게 말하고 싶은 건가요?"

관치는 잔뜩 화가 난 모습으로 추궁하는 진설의 모습에 더 이상 할 말이 없다는 듯 눈을 감아버렸다.

"좋아요. 사나이가 약속을 했다면 당연히 지키는 게 도리겠죠. 하지만 오라버니 때문에 이십 년 넘도록 홀로 지낸 저는 도대체 뭔가요? 그래도 오라버니는 스스로 선택이라도 할 수 있었죠. 소관치라는 사내 한 명 때문에 오랜 시간 희생을 강요당한 저는 도대체 뭐죠?"

진설은 감정이 격해지는지 말하는 사이사이 금방이라도 울음을 터트릴 것 같았다.

"흑점 점주가 아닌 여자 묵진설에게 무슨 말이든 해달란 말이에요!"

관치는 결국엔 울음을 터트리고 마는 묵진설의 모습에 굳게 닫았던 눈과 입을 열어야 했다.

"미안하구나……."

"그런 말! 그런 말을 듣고 싶은 게 아니잖아요!"

"점주, 오늘은 이만 돌아가겠소. 의뢰한 내용… 부탁하오."

관치는 더 이상 자리를 하기 힘들었는지 그 말을 끝으로 집무실을 나가버렸다.

"나쁜 사람… 내가 얼마나 좋아했었는데……. 어렸을 때도 눈길 한번 주지 않더니……. 이 나쁜 놈아!"

제6장. 염량세태(炎凉世態)

염량세태(炎凉世態)

－권세가 있을 때는 따르고, 권세가 없어지면 푸대접하는 세속의 인심

"허허, 이것 참. 관치가 이야기를 할 때는 별로 심각성이 느껴지지 않았는데, 연준하 자네 이야길 들으니 정말 이거 보통 문제가 아니군."

연준하의 이야기는 톡톡 튀는 재미가 부족해 지루하다고 했던 표사가 묵진설의 답답한 마음이 그대로 와 닿았는지 결국 입을 열고 말았다.

"그러게 말이야. 좀 무겁긴 하지만 사람들 사이의 관계나 감정의 변화는 더욱 잘 보이는걸."

"그런데 미란과 민영은 두 사람 다 관치의 조수가 되기로 한 거 아니었나?"

쟁자수 한 명이 관치가 말한 설정과 차이가 있는 것 같다

며 질문을 던졌다. 연준하는 그 부분에 대해선 관치가 대답하는 게 좋겠다고 하자 관치 역시 고개를 끄덕이며 답을 했다.

"사실만 이야기한다면 미란과 민영 두 사람 다 관치의 조수는 아닙니다. 그 부분은 제가 이야기를 재미있게 만들어 보려고 살짝 덧붙인 것입니다."

"그래? 그게 사실이라면 방금 연준하의 이야기도 잘못된 게 아닌가?"

쟁자수는 연준하의 이야기 속에서 미란이 관치 대신 의뢰비를 산정하는 부분을 두고 이상하다는 듯 고개를 갸웃거렸다.

"지금까지는 그랬다는 거죠."

"그럼 앞으로는 미란이 관치의 조수라도 된다는 건가?"

"아, 제가 말을 잘못했군요. 관치의 조수는 사실 아직 등장을 하지 않았습니다. 단지 그 사이에 미란이 잠시 끼어들었을 뿐이죠. 미란과 민영은 의뢰인에 가깝다고 보면 맞을 겁니다."

"흠, 그렇군. 그럼 그 조수라는 사람은 언제 나오는 건가?"

"아직 좀 더 시간이 흘러야 하니 일단 계속 들어보는 게 어떻겠습니까?"

관치는 자신이 이야기할 부분이 아니라는 듯 연준하를 바라봤다.

"그래. 그래야지. 그래도 궁금한 건 꼭 확인하고 싶어서 말이야. 계속 들어보세나."

쟁자수의 질문이 마무리되자 다시 연준하의 이야기가 이어졌다.

"일단 지금쯤에서 무림의 정세를 알 필요가 있을 것 같습니다. 당문이 무너지고 관치가 난주에 자리를 잡아갈 때쯤……."

◈　　◈　　◈

당문이 무너지고 대량 살상이 발생하자 황제의 명에 의해 자주적 방어권이 보장되자, 각 지역의 무림 문파들은 손발이 바빠지기 시작했다. 과거 홍무제의 억압정책으로 점차 설 곳을 잃어가던 무림이 다시 생기를 되찾은 것이다.

자주적 방어권이 가지는 의미는 문파의 영향력이 미치는 지역까지 사업과 관리를 확충할 수 있다는 이야기였고, 다른 곳보다 얼마나 빨리 어떻게 자리를 잡느냐에 따라 향후 문파의 존립과 성장이 결정될 수도 있다는 이야기였다.

물론 중소 문파들의 움직임은 아무리 부산을 떤다 해도 무림의 지표에 그렇게 큰 변동을 줄 정도가 아니었지만 구파와 일방, 그리고 무림 세가의 움직임은 엄청난 파급효과를 가져왔다.

그러나 아무리 자주적 방어권이 성립되고 황제의 억압정책이 완화되었다 해도 무차별적으로 경쟁에 들어가는 건 제 살 깎아먹는 짓임을 알고 있던 무림 명숙들은, 문제가 커지기 전에 잠정적 합의 사항을 도출해내고 그 규정 안에서 경쟁을 하는 것이 모두에게 이롭다는 생각을 하게 된다. 거기다 이번 당문의 멸문 사건처럼 문제가 생길 경우 그것을 제어하고 문제를 해결할 조직 역시 필수적이란 결론에 도달했다.

결국 구파일방과 무림 세가, 그리고 곳곳에 흩어져 있는 문파들을 규합하고 상호협력관계를 완성할 수 있는 방법은 무림에 하나의 맹을 설립하는 것밖에 없었다.

무려 40년 만에 다시 부활한 무림맹. 무림인들은 과거처럼 서로 반목하고 문제를 일으켜 자멸하는 일이 없도록 상호방위조약을 맺기로 했다. 누군가 욕심을 부려 문제를 일으킨다면 나머지 문파들이 하나가 되어 문제를 일으킨 문파를 응징하거나, 외부의 적이 공격을 해왔을 땐 모두가 공동으로 대응하는 조약이었다.

만에 하나 과거처럼 누군가 무림 장악을 꿈꾸는 이가 있다고 해도 나머지 문파들이 하나로 뭉쳐 그것을 제지할 것이니, 무림의 안정과 안위를 끌어가는 데 가장 좋은 방법이라고 생각한 것이다.

그러나 세상은 그렇게 단순하게 돌아가지도 않았고, 또 세상 어떤 합의 조건도 결국엔 자신의 이익을 위한 것이라 그것이 잘 지켜질지는 의문스러운 점도 남은 상태였다. 무림인들은 독불장군처럼 날뛰는 이가 나타날 수 없게 되었다며 서로들 자축했지만, 독불장군이 아닌 이익을 위해 뭉친 집단 체제가 나타난다면 이 조약은 무용지물이나 다름없음을 간과한 것이다.

"모두들 소식을 들었을 것이오."
"무림맹 창건에 대한 것 말이군."
관치의 말에 곧바로 연준하가 대답했다.
"그렇소. 그대는 이번 기회에 사문에 다녀오는 것이 어떻겠소? 아무래도 계속 밖에서 떠도는 것은 문제가 될 것 같은데."
"함께 가는 것은 어떻겠소. 모두들 한곳에 모이면 당문의 사건이 화두가 될 것 같은데, 필요한 정보를 얻을 수도 있지 않겠소?"
연준하는 혼자서 화산에 다녀오라는 관치의 말에 의견을 내놓았다.
"물론 그것도 나쁘진 않지만, 나 나름대로 정보를 얻을 곳이 있으니 그럴 필요까지는 없을 것 같소."
관치는 무림인들이 모이는 곳에 가는 것이 달갑지 않은 표정을 지었다. 그러자 미란이 입을 열었다.

"관치 님에게 예전부터 묻고 싶었던 것이 있어요."
"예전부터?"
"그래요."
"흠. 그래, 그게 무엇이오?"
"관치 님은 의식적으로 무림의 행사나 사람들을 만나는 걸 꺼려하는 경향이 보이던데 왜 그러는 거죠?"
"내가 그랬소?"
관치는 '내가 왜 그러겠소.' 라는 표정을 지었다.
"그건 저도 느꼈어요. 관치 님은 일상의 소소한 일엔 관심을 많이 보이시지만 무림에 관련된 일은 거의 신경을 쓰지 않는 것 같아요. 왜 그러시는 거죠?"
"내가 그럴 리가 있겠소. 단지 그다지 의미가 없다 생각하니……."
"아니. 그건 나도 느끼는 점이군. 관치 그대는 처음 만났을 때부터 무림인이나 그 세계에 관련된 것들은 이야기를 거의 하지 않더군. 말 못할 사정이라도 있는 것이오?
이번엔 연준까지 미란과 민영의 편을 들며 사연이 있다면 알고 싶다는 표정을 지었다.
"다들 뭔가 오해를 하는 것 같은데… 난 애초부터 무림인도 아니었고, 또 지금도 그렇소. 무림인이 아닌 보통 사람이 무림의 일에 관여를 하게 되면 얼마나 위험천만한지 세 사람 모두 잘 알고 있을 것 아니오. 그냥 그런 이유밖에는 없소."

관치는 당치도 않다는 듯 '사연은 없다.'는 표정을 지었다.

"그건 좀 이상한 말이군요. 보통 사람들은 오히려 무림인보다 더 무림의 일에 관심을 두는 경향이 많아요. 아무래도 자신이 속해 있는 세상보다는 다른 이들의 일에 호기심이 발동하는 것과 비슷한 경우죠. 관치 님의 말대로 보통 사람이기에, 무림인이 아니기에 관심을 두지 않는다고 말하는 것은 남자이기에 여자에게 관심을 둘 일이 없다는 것과 무슨 차이가 있는 거죠?"

민영은 이대로 물러설 맘이 없다는 듯 자잘한 비교까지 들며 다시 질문을 던졌다.

"이것 참, 그렇게 말하니 좀 난감하긴 하오. 하지만 그 모든 조건이 언제나 동일시되는 건 아니지 않소. 종종 남자가 남자를 좋아하는 이들도 존재하고, 스님들처럼 아예 관심을 끊고 사는 이들도 존재하는 법이오. 나 역시 그런 부류라 생각하면 적당할 듯싶은데."

관치의 대답에 이번엔 미란이 입을 열었다.

"그렇다면 관치 당신은 남자가 남자를 좋아하는 경우인가요, 아니면 스님들처럼 속세에 인연을 끊은 부류인가요?"

"그건……."

"남자가 남자를 좋아하는 부류는 아닌 것 같소. 나와 그다지 사이가 좋지 않은 것을 보면."

미란의 질문에 관치가 선뜻 대답을 하지 못하자, 연준하가 당연히 관치의 경우는 후자가 아니겠냐고 말했다. 그러나 다시 한 번 민영의 집요한 질문이 쏟아져 나왔다.

"그렇겠군요. 하지만 스님의 경우를 예로 든다면 좀 상황이 달라지지 않나요? 보통 스님들은 속세에 속해 있던 분들이죠. 물론 입적을 하는 이유는 여러 가지겠지만 대부분 속세에 지쳐 버렸거나, 또는 완벽히 다른 세계를 경험하기 위해 속세를 떠나는 경우가 태반이에요. 거기다 그분들은 스스로 속세와 무관한 사람이니 속세에 관심을 두지 않고 해탈의 경지를 추구하는 것이 목표라고 말하곤 해요. 만약 관치 님이 후자의 경우에 속한다면 스스로 무림인이 아니라고 말한 것은 이미 무림에 속한 적이 있다는 말이 되고, 그것에 관심을 두지 않겠다는 말은 무림을 떠나 다른 세상에서 뜻을 이루고 싶다는 말이 되죠. 그렇지 않나요?"

"하하하."

관치는 민영의 말에 결국 웃음을 터트리고 말았다.

"그 웃음은 인정을 하겠다는 건가요?"

"그럴 리가 있소. 그저 세상 어느 누구라도 그대와 말을 섞으면 이길 방법이 없다는 생각이 들어 그랬을 뿐이오. 시간이 갈수록 느끼는 거지만, 민영 소저는 차분하고 지혜로운 듯하면서도 열화와 같고 무척 저돌적인 사람 같소."

"그건 관치 님도 마찬가지 아닌가요? 대답하기 귀찮거나 어중간하면 중간에 꼭 다른 쪽으로 화제를 돌려 버리는 재주가 있으시죠. 이번에도 그런 식으로 대답을 피하려 하시는군요."

민영은 이번만큼은 빠져나갈 생각을 하지 말라며 다시 질문을 쏟아냈다.

"민영 소저, 왜 그렇게 나를 무림인으로 만들려 하는지 모르겠지만, 아닌 걸 그렇다고 할 수는 없는 법이오. 이번 무림 행사에 가지 않겠다고 한 것이 문제였다면 내가 뜻을 접으리다. 검협의 말처럼 한번 참가를 해봅시다. 어쩌면 그곳에서 또 다른 당문의 생존자들을 만날 수 있을지도 모르고, 흉수에 대해 더 많은 정보를 얻을 수 있을지도 모르니 말이오."

민영은 그 정도로는 만족하지 못하겠다는 듯 다시 입을 열려고 했지만, 여기까지만 해도 충분하지 않느냐며 고개를 저어버리는 관치의 모습에 결국 입을 삐죽거리며 질문 공세를 멈춰야만 했다.

무림맹 창립의 행사가 벌어지는 곳은 과거 무림맹이 자리를 잡았던 무한이 다시 선정되었다. 새로운 장소를 물색하는 것은 그 이상의 시간과 재물이 소요되기 마련이었기에 문파의 돈주머니에 피해가 가지 않는 방향으로 합의를 본 것이다.

관치가 있는 난주에서 무한까지는 말을 타고 간다고 해도 무려 20일 이상이 걸리는 먼 거리였다. 걸어서 이동한다면 거의 두 달 가까이 쏟아 부어야 도착할 수 있었다. 그러나 당장 말을 구하려 해도 가진 게 없던 관치 일행은 별수 없이 화월각주에게 융통을 받아야 했고, 묵진설은 돈을 빌려 주는 대신 자신도 동행을 하겠다는 조건을 내걸었다. 관치는 껄끄러운 표정을 지었지만, 말을 이용하지 않고선 도저히 일정을 맞출 수가 없었기 때문에 할 수 없이 그녀의 동행을 허락해야만 했다.

 난주를 출발한 관치 일행은 감숙을 벗어나 섬서성의 서안을 거쳐 호북성 양양(襄陽)까지 쉬지 않고 말을 몰았다.

 "오늘은 이곳에서 쉬어가도록 하죠."

 미란은 죽자 살자 말을 달리는 관치를 향해 '제발' 쉬면서 가자는 표정을 지었다.

 "음, 많이 힘든 것이오?"

 "탈진할 것 같아요. 어떻게 안 될까요?"

 만약 과거 미란이었다면 '아니요. 그렇게 힘든 정도는 아닌데.'라고 말을 했겠지만, 관치 앞에서 그랬다간 당장에 '그럼 더 갑시다.'라는 말이 나올 게 뻔하다는 것을 알고 있었다. 물론 이 부분에 대해선 미란뿐 아니라 민영과 연준하 역시 익히 경험을 했었기에 미란의 말에 급히 동조했다.

 "관치 당신은 태어나면서부터 말을 타고 다녔소? 우리들

몸 상태도 생각을 좀 해주시오."

"아직 걷는 법을 익히지 않은 것이오?"

관치는 엉덩이가 아파 죽겠다는 연준하에게 '설마' 하는 표정으로 질문을 던졌다.

"그게… 그다지 효용성이 있는지도 모르겠고……."

연준하는 관치가 알려 준 걷는 법에 대해 신뢰를 하지 않고 있었다. 세상에 걷는 법을 모르는 사람이 누구일 것이며, 그것을 안다고 해도 관치처럼 말도 안 되는 결과를 얻을 수 없다 생각한 것이다.

이것은 연준하뿐 아니라 미란과 민영도 비슷한 생각을 하고 있었는데, 관치가 무림인이라고 믿게 된 이유도 바로 이 때문이었다. 어떻게 무림인이 아닌 자가 무림인들과 같은 속도로 이동을 하며 체력은 하늘과 땅만큼 차이가 나겠는가 말이다.

"미란과 민영 소저도 그런 것이오?"

관치는 적잖이 실망했다는 듯 당가의 여인들을 바라봤다.

"그게, 아직은 익숙지가 않아서……. 노력은 하고 있어요."

"그, 그래요."

두 여자는 급히 변명 아닌 변명을 늘어놓았지만 이미 관치의 마음은 저만치 가버린 뒤였다.

"거짓말을 할 바엔 아예 말을 하지 않았을 것이오. 세 사람은 오늘 일을 분명히 후회할 날이 있을 것이오."

"무슨 후회를 한다는 것이지?"

걷는 법 하나 익히지 않았다 해서 후회를 하게 될 거라니, 연준하는 납득이 가질 않았다.

"작은 것 하나를 보면 그 사람의 모든 것을 볼 수가 있소. 그대들은 앞으로 나에게 뭔가를 물어보거나 배울 기회가 없을 것이오."

"그대의 기술이 사실은 우리가 배울 수 없는 게 아니고?"

연준하는 거짓말하지 말라는 표정을 지었다. 세상에 어떤 미친놈이 자신의 비기를 그렇게 쉽게 가르쳐 주겠느냔 말이다.

"믿지 못하는 자는 결코 진실을 얻을 수 없는 법."

관치는 더 이상 말하기 싫다는 듯 말 머리를 돌려 버렸다.

걷는 법이란 말은 처음 들어보는 진설이 호기심이 생긴 듯 그것이 무엇이냐고 미란에게 슬쩍 질문을 던졌다. 그러나 미란 역시 그냥 '걷는 법'이라고만 할 뿐, 자신도 뭐가 뭔지 모르겠다고 했다.

"그걸 오라버니가 당신들에게 알려 줬는데 모두 믿지도 않고 익히지도 않았단 말이군요."

"결론은 그렇게 되는데, 각주님도 그 걷는 법에 대해서 들어보면 우리와 똑같은 반응을 보일 거예요."

"한번 이야기해봐요. 관치 오라버니가 걷는 법이라면 나는 무조건 배워야겠어요."

"그게 워낙 단순 명료한 것이라… 뭐라 설명하기가 좀. 직접 물어보시는 게 좋을 것 같은데."

미란은 걷는 법에 대해서 설명해달라는 진설의 말에 난감한 표정이 되었다. 그냥 걷는 법인데 그걸 또 어떻게 설명을 한단 말인가. 물론 관치가 말을 할 때는 뭔가 신묘한 맛이라도 있었지만, 자신이 이야기하면 그것조차도 사라질 것 같아 직접 물어보는 게 빠를 것이라 대답해버렸다.

평소 직업적 성향을 이용해 은근슬쩍 관치의 걷는 법을 수거하려 했던 진설은 미란보다 더 난처한 표정이 되었다. 방금 막 자기네들이 관치의 마음을 긁어놓은 주제에 똑같은 내용을 가지고 다시 관치의 심기를 건드리라는 것은, 자신과 관치의 관계에 탐탁지 않은 눈빛을 보내는 당가 여인들의 의도적 발언이라고 생각됐다.

'사고는 자신들이 치고 나는 그냥 당하라는 소리야?'

진설은 어이없는 눈빛으로 미란을 바라보다가 시선을 돌려 버렸다. 은근히 부아가 치밀어 올라 자칫하면 욱하는 성질이 튀어 나올 것 같았기 때문이다.

"이쯤에서 노숙을 하면 되겠군."

앞서 말을 몰고 있던 관치가 적당한 장소를 발견했는지 이번에도 '노숙'을 하겠다고 했다. 그러나 미란과 민영은 물론, 연준하와 진설까지 질린 표정이 되었다. 돈이 없는 것도 아니고 왜 매번 바닥에서 잠을 잔단 말인가.

"저… 저기, 관치 님, 양양이 코앞인데 여기서 노숙을 할 필요가……."

며칠째 씻지 못한 데다 제대로 된 음식을 먹지 못하고 있던 민영은 끔찍하다는 표정을 지었다.

"돈이 없소."

"돈은 화월각주가……."

"언제부터 화월각주의 돈이 민영 소저의 돈이 된 거요?"

"네? 그건……."

"그대들은 아직 내 의뢰비도 지불하지 못해놓고, 나에게 계속해서 빚을 지라는 것이오?"

관치는 최소한 염치는 있어야 할 것 아니냐며 민영을 바라봤다. 그렇지 않아도 이런 일엔 양보가 없는 사람인데 방금 전 걷는 법에 대한 일은 물론이고, 돈 한 푼 없는 사람들이 요구 사항만 늘어놓자 관치의 반응은 더욱 매서워졌다.

"돈을 들이지 않고 쉬어갈 곳이 있다면 어떻게 하시겠어요?"

미란은 더 이상 바닥에 누울 수 없다는 생각에 급히 또 다른 제안을 했다.

"빌어먹기라도 하겠다는 뜻이오?"

관치는 미란이 무슨 의미로 말을 하는지 바로 알아챘는지 이번엔 아예 거지 취급에 가까운 언사를 내뱉었다. 그러나 미란 입장에선 거지 취급을 받든 도둑놈 취급을 받든 더 이상은 노숙을 하고 싶지 않았기에 꿋꿋이 자신의 의견을 밀고 나갔다.

"친구에게 도움을 받는 걸 보고 빌어먹는 거라고 표현하신다면 저도 더 이상 할 말은 없군요."

"……"

일행은 관치가 잠시 말이 없어지자 '됐어!' 라는 표정을 지었다. 그러나 관치의 반응은 변할 기미를 보이지 않았다.

"친구에게 빌어먹는 것만큼 나쁜 짓도 없지."

"하지만……"

미란은 정말 더 이상의 노숙은 견딜 수 없다는 듯 애처로운 표정까지 지어야만 했다.

"한 가지 방법이 있기는 하지."

방법이 있다는 말에 일행들 모두 눈빛을 반짝였다.

"일하지 않는 자 먹지도 말라."

"네?"

"아무리 친구 집이라 해도 도움을 받았다면 답례를 하는 게 도리. 그럴 수 있다면 미란 소저의 의견을 받아들이도록 하지."

관치의 입에서 반쪽짜리긴 하지만 허락이 떨어지자 미란과 민영은 주먹을 불끈 쥐었다. 최소한 잠자리와 목욕물은 보장이 된 것이다.

"검협, 그대는 어떻게 할 것이오?"

염량세태(炎凉世態) • 161

"당연히 나도 미란 소저를 따라……."

"하긴 그렇겠군."

관치는 별수 있겠냐는 듯 고개를 끄덕이더니 이번엔 진설 쪽으로 고개를 돌렸다.

"오라버니, 여기서 돈을 가진 사람은 저밖에 없다는 걸 잊으신 건 아니죠? 이 일행에서 가장 자유로운 선택권을 가지고 있으니 저 알아서 하겠어요."

"각주라면 당연히 그럴 줄 알았소. 좋소. 미란 소저 그대의 말대로 합시다. 어디로 가면 되는 것이오?"

"양양에 들어가기 전에 융중산을 지나게 되는데 그곳에 제갈세가가 있어요. 그곳에서 하루 쉬어 갈 수 있을 거예요."

"있을 거예요, 라는 말은 그럴 수 없을지도 모른다는 말과 비슷해 보이는데……."

"그렇게 들렸다면 죄송해요. 당연히 쉬어 갈 수 있어요. 최근 들어 남궁가와 제갈가가 가까워지면서 관계가 소원해지긴 했지만, 몇 년 전까진 서로 도움을 주고받던 사이였어요."

"서로 좋지 않은 관계인 것 같은데 그곳에 친구가 있단 말인가?"

"말했잖아요. 서로 관계가 소원해진 건 최근의 일이라고요. 거기다 지금은 그럴 이유마저 없어졌으니 과거의 인연을 생각해서라도 소홀히 대하지는 않을 거예요."

사실 마음속에선 혹시나 관치의 말처럼 되면 어쩌나 하는 생각도 일부 남아 있었지만, 미란은 당치도 않다며 그의 걱정을 일소해버렸다.
"미란 소저가 그렇게 자신한다면 앞장을 서주시오."
 관치는 융중산 어느 곳에 제갈세가가 있는지 알지 못했기에 이곳 지리를 알고 있는 미란을 앞장세웠다.

 무림 세가들 중에 가장 오랜 전통을 갖고 있는 제갈가는 학문은 물론 천문과 기문, 토목에 이르기까지 학술적으로 발전을 거듭한 가문이었다. 물론 그 과정에 무림과 인연이 되고, 또 자체적으로 무공을 집대성하면서 무림의 세가로 다시 태어났음은 두말하면 잔소리일 것이다.
 당문이 독으로 유명세를 떨치긴 했지만, 사실 그보다 더 무서웠던 것은 암기와 특수한 무기를 만들어내는 그들의 기술력이었다. 제갈가가 아무리 좋은 머리를 가졌다 할지라도 그것을 구체화시킬 수 있는 기술력에 있어선 언제나 부족한 점이 많았기에 자연스럽게 당가와 가까워질 수밖에 없었고, 또 그렇게 오랜 세월을 서로 돕는 관계로 지내올 수 있었다.
 그러나 개개인의 관계에서도 오해가 생기고 이별이 생겨나듯이, 서로의 이득을 위해 움직이는 단체의 특성상 문제가 나타날 수밖에 없었다.
 두 가문의 관계가 잠시 소원해진 틈을 타 제갈가에게 손을 내민 곳이 있었으니, 그곳이 바로 남궁가였던 것이다. 애초엔 남궁가와 당문의 문제에 심각성이 느껴지지 않았기에 부담감이 없었던 제갈가였지만, 점차 시간이 지날수록 당문과 앙숙지간이 돼가는 남궁가 때문에 제갈가 역시 당문과 더욱 거리를 두게 된 것이다.

 미란은 제갈세가와 거리가 멀어진 것이 그런 여러 가지 여건 때문임을 알고 있었기에 이미 가문이 무너진 지금에 와서 문제가 되지 않을 것이라 생각한 것이다. 거기다 제갈세가에는 자매나 다름없이 지내왔던 제갈현지가 존재했기에 자신의 처지를 더 이해해줄 것이라고 믿었다.

 관치 일행이 제갈세가에 도착하자 경비를 서고 있던 무사들이 모습을 드러냈다.

 "어디서 오는 분들이십니까?"

 "저는 당문의 당미란이라고 해요."

 "당문이라면……."

 무사들은 당문에서 왔다는 미란의 말에 잠시 놀라는 표정을 짓더니 급히 안쪽으로 소식을 전했다. 그렇지 않아도 당문세가의 혈겁으로 분위기가 뒤숭숭한데 흔적을 찾을 수 없다던 생존자들이 나타났으니 당연히 놀랄 수밖에 없었다.

 "모시라는 연락이 왔습니다. 일단 안으로 들어가시죠."

 "네. 고마워요."

 미란은 무사를 따라 일행들을 이끌고 제갈세가 안으로 들어갔다. 무사는 손님들이 묵는 전각에 일행을 안내하더니 잠시 기다려 달라는 말을 하고 다시 돌아가버렸다.

"일단 짐을 풀도록 하죠."

미란은 피곤한 눈빛으로 관치를 바라봤다.

"조금만 더 기다려 봅시다."

관치는 아직은 아니라는 듯 짐을 풀고자 하는 미란을 막았다. 미란은 끝까지 자신을 믿지 않는 관치가 원망스러웠지만, 일행이 어떻게 움직일지는 관치의 결정에 달려 있기에 조금만 더 참기로 했다.

"누군가 오는 것 같군."

밖의 동정을 살피고 있던 연준하가 기척을 확인했는지 자리에서 일어났다.

잠시 후 다섯 사람이 안으로 들어왔는데, 미란은 이미 그들과 안면이 있는지 먼저 인사를 했다.

"그동안 강녕하셨는지요."

"정말 미란이구나!"

제갈세가의 가주 제갈선은 믿기지 않는다는 듯 미란의 손을 덥석 잡았다.

"도대체 어떻게 된 것이냐? 네 아버지는?"

제갈선은 자신과 함께 수학을 했던 당악충의 소식부터 물었다.

"저도 소식을 모릅니다. 혈사가 있기 하루 전에 헤어졌었는데 그 뒤론 소식이 없으세요."

"휴, 어쩌다 일이 이 지경이 된 건지. 흉수는 확인이 된 것이냐?"

당문 혈사가 남궁가에서 벌인 일이란 소문이 돌기는 했지만, 그것이 아님을 알고 있는 제갈선은 하루 만에 당문을 지워버린 자들이 도대체 누구인지 그것부터 알고 싶어 했다.

"아직 그들이 누구인지, 또 무엇 때문에 그런 일을 벌였는지 알지 못합니다. 단지 그들의 옷에 수(讐) 자가 새겨져 있었다는 것 외엔 아직 밝혀내지 못했습니다."

"옷에 수(讐) 자를 새겨 놓고 다니는 자들이라……. 의미만 따지자만 오래 참았다는 뜻인데."

제갈선은 무림에 수(讐) 자를 표식으로 사용하는 자들이 있는지 잠시 생각을 하더니 모르겠다는 표정을 지었다.

"아니, 자네는……."

당문의 생존자들이 찾아왔다고 해서 당연히 모두 당문의 사람들이라고 생각했던 제갈선은 의외의 존재가 일행에 끼어 있자 깜짝 놀랐다. 당문 혈사 때 실종되었다고 알려진 연준하가 미란과 함께 나타난 것이다.

"그간 잘 지내셨습니까. 연준하가 가주께 인사 올립니다."

"그랬군, 그랬어. 화산검협이 이들을 보살폈던 거로군."

연준하는 제갈선의 말에 그게 아님을 밝히려 했으나 민영이 나서는 바람에 기회를 놓치고 말았다.

"저는 민영이라고 합니다. 처음 뵙겠습니다."

"민영이라면 화중화 당민영?"

제갈선은 민영의 모습에 확실히 그렇게 불릴 만하다며 고개를 끄덕거렸다. 제갈선을 따라 들어왔던 사람들 역시 민영을 발견하고 한동안 시선을 떼지 못하고 있다가, 그녀가 무림삼화 중 으뜸인 화중화라는 말을 듣고 과연 그럴 만하다는 표정을 지었다.

제갈선은 다른 두 사람은 누구냐는 듯 미란에게 소개를 부탁했다. 분위기를 보아하니 두 사람 역시 당가의 사람은 아닌 것 같았기 때문이다.

"아, 저분들은……."

"처음 뵙겠습니다. 이번에 무한에서 무림맹이 새롭게 문을 연다는 소식을 듣고 유람차 나왔다가 이분들을 만나게 되었습니다. 묵진설이라고 합니다."

"묵진설이라면……."

제갈선은 어디서 많이 들어본 이름인 듯 잠시 고민하다가 눈동자가 커졌다.

"혹시 그대는 감숙성 난주에 있는 화월각의 각주가 아니시오?"

"무림의 높으신 분이 저같이 평범한 사람도 기억을 해주시다니 영광입니다."

"허허허, 화월각의 각주가 평범하다면 다른 사람들은 어찌 되는 것이오. 언제고 기회가 되면 한번 만나보고 싶었던 분인데 오늘 이렇게 내 집에 방문을 해주실 줄은 상상도 못했소이다."

"별말씀을 다 하십니다."

제갈선은 의외의 손님이 찾아오자 사람 좋은 웃음을 보이더니 이번엔 관치 쪽으로 시선을 돌렸다. 일행들 모두가 범상치 않은 신분을 가지고 있으니 관치 역시 뭔가 있지 않을까 생각이 든 것이다.

"아, 이 사람은 제 호위입니다. 제가 아무리 겁이 없다 해도 홀로 강호를 주유할 수는 없는지라……."

묵진설은 다른 이들이 엉뚱한 소리를 하기 전에 관치의 신분을 자신의 호위로 말뚝 박아버렸다.

"허허허, 아무래도 그렇겠죠."

제갈선은 관치가 묵진설의 호위란 말에 더 이상 신경을 쓰지 않았다. 딱히 무공을 익힌 느낌을 찾을 수 없는 데다 몸이 좋은 걸 보니 외공을 수련한 자 같기 때문이다.

"세가에 손님이 찾아온 것이 언제인지도 모르겠구려."

제갈선은 당문의 생존자가 있다는 것은 물론, 화산의 검협과 묵진설까지 함께 나타나자 무척 흡족한 표정이 되었다.

"그런데 함께 오신 분들은……."

묵진설은 제갈선과 함께 온 이들이 누구인지 이미 파악을 한 상태였지만, 관치를 위해 모르는 척 질문을 했다.

"아, 반가운 마음에 나만 이야기를 하고 있었구려. 미란은 이미 알고 있겠지만 내 동생과 자식들이오. 미란이 왔다는 말에 함께 왔다오."

"아, 그러셨군요."

"진무야, 일단 네가 손님들을 챙겨 드리고 있어라. 나는 장로원에 다녀와야겠구나."

"네, 아버님."

"잠시 휴식을 취하고 있으시게. 나는 미란이 가져온 소식을 일단 알려야 할 것 같으니."

"신경 써주셔서 감사드려요."

묵진설은 제갈선에게 가볍게 고개를 숙여 보였다.

"저녁 식사에 이분들을 초대할 것이니 준비시켜 놓아라."

"알겠습니다."

가문의 대공자인 제갈진무는 아버지 제갈선이 돌아가자 앞으로 나서며 미란 일행에게 정식으로 인사를 했다.

"처음 뵙겠습니다. 제갈진무라고 합니다."

"처음 뵙겠습니다. 제갈진공입니다."

"저는 미란의 친구인 현지라고 해요. 이쪽은 제 동생 현선이에요."

"반갑소. 나는 이 아이들의 숙부 되는 제갈곽이오. 소문이 자자한 화월각주를 이런 곳에서 뵙다니 의외입니다."

진설은 제갈가 사람들의 소개에 미소를 지으며 함께 인사를 나누었다.

-제갈진무는 차기 가주로 예정된 자이고, 제갈진공은 세가 내에서 기문진식으로 이길 자가 없다는 이른바 천재에 가까운 인물이죠. 미란 소저와 친구라는 제갈현지는 평범해 보이는 외모를 지니고 있지만, 사람을 부리고 계획을 추진하는 데 월등한 능력을 지니고 있다고 하더군요. 그 동생 현선은 그림 그리길 좋아하는데, 그 그림의 대부분이 새로운 물건을 만들어내거나 개량하는 데 설계도로 쓰이고 있어요. 마지막으로 제갈곽은 특이하게 학문보다 무공을 파고든 자인데, 얼마 전 근종(根種)에 다다라 극강급 고수가 되었어요. 오라버니가 알아서 하겠지만, 다섯 중 대공자 제갈진무와 제갈현지만 가장 조심하면 돼요.

진설은 민영과 연준하가 인사를 나누는 동안 전음을 통해 관치에게 간략하게 다섯 사람의 신상 정보를 알려 주었다.

◈　◈　◈

"저기, 여기서 궁금한 게 하나 있는데."

쟁자수 한 명이 별로 와 닿지 않는다는 표정을 짓더니 급히 손을 들었다.

"왜 그러십니까?"

"본래 무림에 대해 아는 게 없다 보니 어려운 말이 나와도 그러려니 하지만, 그 고수들을 나누는 방식이나 그들이 가지는 능력이 어느 정도인지 도무지 감을 잡을 수가 없네."

"맞아. 나도 그건 모르겠더라고."

"그래. 이번 기회에 무림인들의 실력을 나누는 방식이나 그 차이들도 좀 알아두자고."

표사들과 진하석은 그것도 모르냐는 듯 시큰둥한 반응을 보였지만, 대부분의 쟁자수들은 '그것이 알고 싶다.'를 외쳐 댔다.

"그건 제가 이야기를 해주죠."

거의 완벽하다 할 정도로 침묵을 지키고 있던 지운이 오랜만에 입을 열었다.

"임 소저께서 그런 것까지 설명을 하실 필요가……."

진하석은 쟁자수들이야 모르면 그만이지 그걸 이야기해줄 필요가 있냐는 듯 지운을 바라봤다.

"연준하의 이야기를 듣지 않으면 모를까, 계속 듣고자 한다면 기본적인 건 알아야 재미를 느끼지 않겠나요?"

"그렇긴 하지만……."

지운은 진하석이 뭐라고 하건 상관없다는 듯 쟁자수들의 궁금증을 풀어주기 시작했다.

"무림엔 두 가지 방식의 수련법이 있는데, 하나는 외공이고 다른 하나는 내공을 수련하는 겁니다. 종종 외공을 통해 자연스럽게 내력을 쌓는 자들도 있기 때문에 모든 무림인에게 통용되는 것 같지는 않지만, 일단 무공에 입문을 하고 내력을 쌓을 정도가 되면 파종(播種)을 이루었다고 합니다. 계속해서 내공이 자라날 수 있는 기초가 다져진 것을 말하죠. 보통 이 정도 수준은 이류급이라고 합니다. 병장기에 내력을 보내거나 씌울 수는 없지만, 근력 이상의 힘을 내기도 하고 더 빠르게 움직일 수 있게 되죠. 이류라고는 하지만 이들도 엄연히 무림인이고 맨손으로도 일반인들 셋은 상대할 수 있는 실력을 가지고 있습니다."

"어이구, 보통 이류라고 하면 콧방귀를 뀌곤 했는데, 맨손으로 셋을 상대할 정도라면 쉽게 볼 일이 아닐세. 그러면 그 다음 단계는 어떻게 되는 겁니까?"

"다음은 파생(派生)을 이뤘다고 하는데, 내공이 늘어나면서 자신이 익힌 초식에 그 힘을 실을 수 있는 경지를 말합니다. 보통 일류급이라 칭하는 자들이 바로 파생을 이룬 사람들입니다."

지운의 말에 쟁자수 하나가 다시 질문을 했다.

"그럼 파생에 든 사람은 전부 같은 실력을 지니게 되는 겁니까?"

"그건 아니죠. 파종이나 파생은 경지를 뜻하는 것이고 이류나 일류는 그 경지에 든 사람들을 통틀어 말하는 겁니다. 예를 들어 파종에 든 사람이 파생에 갈 때까지 꾸준히 성장을 하게 되는데, 그 과정에 있는 사람들을 이류급이라고 부르는 거죠. 마찬가지로 일류급 무인들도 그다음 단계에 도달하기 전 상태를 분류하는 방식입니다."

"그럼 일류급 무림인은 어느 정도 능력을 보이는 겁니까? 좀 전에 이류급은 셋 정도는 상대할 수 있다고 했는데……."

"일류급에도 언제 파생을 이뤘는지에 따라 그 능력이 천차만별이지만, 평균적으로 이야기한다면 병장기를 든 이류급 무인 둘 정도는 맨손으로 상대할 수 있어야 합니다."

이류급 무인이 일반인 셋을 맨손으로 상대하고, 일류급 무인은 맨손으로 병장기를 든 이류급 무인 둘을 상대할 수 있다는 말에 쟁자수들은 부지런히 머리를 굴리기 시작했다.

"어이구, 이거 이류급 계산하듯 일류급을 계산해보려 했는데 선뜻 답이 안 나오네."

"당연히 그럴 겁니다. 일반인 셋을 맨손으로 상대하는 이류급이라면 계산이 되겠지만, 병장기를 든 이류급 둘을 상대하는 거라면 쉽게 계산을 할 수가 없게 되죠. 모두가 이해하기 쉽게 일류급이 일반인 몇을 상대할 수 있다고 말하면 좋겠지만 그건 가치를 판단할 수 있는 기준이 되질 않습니다. 일류급 무인이라면 일반인들이 아무리 달려든다고 해도 어떻게 해볼 방법이 없으니까요."

"그럼 일류급만 되어도 우리 같은 사람들에겐 무적이나 다름없단 뜻입니까?"

"일류급 무인이 검을 들고 일반인들을 공격한다면 어떻게 될까요?"

"그거야 많이들 다치고 죽고 그러지 않겠습니까?"

"아니요. 그 무인을 막아낼 방법이 없는 이상 사람들은 계속해서 죽게 될 겁니다. 그 무인이 늙어 죽는 순간까지 말이죠."

"그게 가능한 이야기입니까?"

쟁자수들은 일류급의 강함에 대해 도무지 실감이 나지 않는지 황당한 표정을 지었다.

"그래서 일반인과는 비교를 할 수가 없는 겁니다. 최소한 병장기를 든 이류급 무인 둘을 맨손으로 상대한다고 하는 것이 더 빠르게 그 강함을 확인할 수 있는 방법인 거죠."

쟁자수들은 일류가 그 정도인데 제갈곽의 극강급은 도무지 어느 정도인지 감을 잡을 수가 없었다.

"파생을 넘어 다음 단계로 가면 개화(開花)가 되었다고 표현합니다. 이때는 '이루었다'가 아닌 '되었다' 입니다. 무림인들은 이 단계부터 고수라는 말을 사용합니다. 고수는 일류급 무인 십 인이 병장기를 들고 공격해와도 충분히 막아낼 수 있는 능력을 지니고 있습니다. 물론 기습을 당하거나 독에 중독되는 경우, 또는 방심을 하는 경우엔 언제든 목숨을 잃을 수 있습니다."

쟁자수들은 일류급 무인부터 감을 잡기 어려워하더니, 보통 고수라고 부르는 무림인부터는 아예 다른 세상에 존재하는 괴물들이 아닐까 하는 생각이 들기 시작했다.

"개화가 막바지에 다다르면 결실(結實)을 맺었다고 표현합니다. 고수의 경지가 절정에 오른 것을 이야기하는데, 우리는 이런 사람들을 절정 고수라고 부르고 있습니다. 절정 고수가 되면 고수 셋은 모여야 상대를 할 수가 있습니다."

지운은 언제나 몇을 상대할 수 있다고 말하다가 절정의 경지부터는 몇이 모여야 상대를 할 수 있다로 비교 방식을 바꾸었다.

처음엔 경지를 올라갈수록 상대하기 어려운 존재가 된다고 생각하고 있다가, 이번엔 상대를 할 수 있다로 말이 바뀌자 쟁자수들은 또다시 머리가 혼란스러워졌다.

"저기, 그냥 여기저기서 들은 말 중에 하나인데 말입니다. 더 높은 경지에 올라가면 자신보다 낮은 경지에 있는 사람의 능력은 어느 정도 알아볼 수가 있다고 하던데… 그게 사실입니까?"

"결실을 맺은 단계까지는 어느 정도 확인이 가능합니다. 그러나 그 위의 경지는 자신의 능력을 감출 수가 있기 때문에 어느 정도 경지에 올라 있는지 알기가 어렵게 되죠."

"저기 혹시… 여협님은 어느 경지에 오르신 건지……."

"놈! 죽고 싶은 것이냐!"

처음엔 경지에 대해 이야기하는 걸 반대하던 진하석이었지만, 나름대로 뒷부분에 가서는 재미를 느끼고 있다가 난

염량세태(炎凉世態) • 175

데없이 쟁자수 하나가 지운의 경지를 물어보자 당장 고함을 질렀다. 쟁자수는 그냥 궁금해서 물었을 뿐인데, 표두 진하석이 버럭 고함을 지르자 얼굴이 사색이 되었다.

"괜찮아요. 오늘은 그냥 넘어가도록 하죠. 하지만 이 부분은 짚고 넘어가야 문제가 없을 것 같군요. 무림인에게 물어봐서는 안 되는 몇 가지 행동이 있는데 그중에 하나가 상대의 경지를 물어보는 겁니다. 또 다른 하나는 상대의 무공을 물어보는 것이고, 나머지 하나는 상대가 수련하는 모습을 훔쳐봐서는 안 되는 것입니다. 이 세 가지 경우를 어겼을 경우 대부분 둘 중 하나는 목숨을 잃게 됩니다."

"저, 저는 그냥……."

"닥쳐라!"

쟁자수는 오줌이라도 지릴 것 같은 표정으로 지운을 바라봤고, 진하석은 다시 고함을 질렀다.

"진 표두께서 쟁자수들을 많이 아끼시는가 보군요."

"네? 아, 아닙니다."

지운은 진하석의 행동이 과장돼 있음을 알고 있었기에 가볍게 웃음을 보였다.

"만에 하나 다른 무림인들과 시비가 붙게 되면 그땐 호통이 아니라 저 쟁자수의 팔을 자르는 게 더 확실할 겁니다."

진하석은 자신의 행동이 뻔히 들여다보였단 말에 부끄러운 듯 고개를 숙였다.

"말씀 새겨듣겠습니다."

"그럼 다음 단계로 넘어가보죠. 결실을 맺고 나면 근종에 다가가는데, 이것이 바로 제갈곽이 올라섰다는 극강의 경지입니다. 극강 고수는 절정 고수 다섯이 덤벼도 겨우 막아낼 뿐입니다. 사실 이 정도 경지는 올라가기도 어렵거니와 올라간 이들도 그리 많지 않습니다. 무림인들 사이에서도 평생에 한 번도 만나보지 못하고 죽는 경우가 많으니 말입니다."

"혹시 그 위에도 단계가 있습니까?"

쟁자수들은 혹시나 하는 마음에 다시 질문을 던졌다.

"물론이죠. 새로운 무공을 창안하고 일파를 열 수 있다는 종사(宗師)의 경지가 있습니다. 초극 고수라고 불리죠. 지금 구파일방의 문호를 열었던 분들이 이 종사의 경지에 올라섰던 분들입니다. 그리고 마지막으로 득공(得功)이라는 경지가 있는데 불가에서는 이것을 해탈과 같은 경지라고도 하고, 도가에서는 등선의 경지와 비교하기도 합니다. 무극의 경지라고도 표현하는 단계지요. 사실 종사의 경지만 해도 수백 년에 한 명 정도가 등장하는 것도 어려운 일이라 득공은 그저 말로만 존재하는 허상의 경지라는 말도 있습니다. 이 정도면 무림의 이야기를 듣는 데 어느 정도 도움이 될 것 같은데……."

"물론입니다. 지운 님 덕분에 좋은 공부를 한 것 같습니다."

쟁자수들은 지운에게 연방 인사를 하며 고마움을 보였다.

"그리고 오늘은 왠지 말을 해주고 싶군요. 어차피 조만간 알려질 일이기도 하니."

"네?"

쟁자수들은 또 뭐가 남아 있냐는 듯 지운을 바라봤다.

"저는 얼마 전 절정의 끝을 본 상태입니다. 아마도 조만간 그다음 경지에 오를 수 있을 것 같군요."

"허억!"

"그, 그게 사실이십니까?"

진하석은 물론이고 표사들과 쟁자수들까지, 아니 쟁자수들보다 표사와 진하석의 입이 놀라움으로 쩍 벌어졌다. 자신들은 죽을 때까지 구경도 못해볼 경지를 눈앞의 젊은 여인이 올라섰다는 말에 너무나도 큰 충격을 받은 것이다. 막말로 개화를 이룬 고수라 해도 믿기 어려울 텐데 조만간 근종에 올라설 것이라니 도무지 말이 나오질 않았다.

제7장. 양두구육(羊頭狗肉)

양두구육(羊頭狗肉)

─양의 머리를 내걸고 개고기를 판다는 뜻으로 겉은 훌륭하나 속은 변변치 않음

"화산에 용 한 마리가 검을 물고 날아올랐다는 말을 들어 왔는데, 오늘 이렇게 직접 만나게 되니 반가운 마음이 드는 군. 하지만 세간에 들리는 소문에 의하면 그 용이 검을 거꾸로 물고 추락을 했다고 하던데."

제갈곽은 다른 이들에겐 그다지 관심을 보이지 않았지만, 연준하에게는 연방 자극적인 말을 서슴지 않았다. 그럴 때마다 제갈진무가 끼어들어 분위기를 바꿔놓긴 했지만 제갈곽의 언사는 멈출 줄 몰랐다.

"본시 직접 보고 경험한 것을 제외하곤 제대로 된 것이 없는 법입니다."

참을 만큼 참았다 생각한 연준하는 급기야 제갈곽의 말에

반응을 보였고, 제갈곽은 그것을 기다렸다는 듯 더욱 막힘이 없어졌다.

분위기를 다잡으려 노력을 하는 듯 보이던 제갈진무도 더 이상은 말리고 싶은 생각이 없는지 이번엔 지켜보기만 했다. 외면상으론 제갈곽의 행동을 말리고 관치 일행에게 미안한 표정을 지었지만, 관치는 그의 얼굴 속에 지금의 상황을 마음껏 즐기며 오히려 더 악화될 것을 기대하는 마음이 숨어 있음을 찾아냈다.

'용의 탈을 쓰고 늑대 놀이를 하는 곳이었나?'

관치는 연준하의 말대로 직접 보고 경험한 것을 제외하곤 세간의 소문은 믿을 게 못 된다는 느낌을 받아야만 했다.

"그렇군. 역시 소문은 믿을 게 못 되는 법이지."

제갈곽은 당연하다는 듯 연준하의 말에 맞장구를 쳤다.

"숙부님."

"말씀하시게."

"방금 검협이 말한 것처럼 직접 보고 경험해보는 것이 어떠할까요?"

제갈진무는 분위기가 무르익었다 생각했는지 숙부 제갈곽에게 연준하와 직접 손을 섞어보는 게 어떻겠냐는 의견을 제시했다.

"흠, 확실히 나쁜 방법은 아니네. 하지만 화산검협이 나처럼 이름 없는 무지렁이를 상대해줄지 모르겠군."

당미란은 제갈가가 남궁가와 손을 잡으면서 화산과 관계가 악화되긴 했지만, 이렇게 대놓고 상대를 무시할 줄은 몰랐기에 당황한 기색이 되었다.

"곽 숙부님, 연 공자는 아직 여독도 풀리지 않은 데다……."

"설마 화산의 검협이 여독을 핑계 삼아 자신이 한 말을 모른 체하지는 않겠지."

제갈곽은 오히려 미란의 말을 꼬투리 잡고 다시 한 번 도발을 해왔다.

-큰일이군요. 연준하가 무림에 이름을 얻고 빠른 성장을 보이곤 했지만, 그건 어디까지나 후기지수들 사이의 일이에요. 제갈곽을 상대하게 되면 기필코 손해를 볼 것 같은데, 어떻게 하죠? 이대로 물러날 것 같지도 않고…….

묵진설은 발끈해하는 연준하의 성격을 알고 있었기에 행여 제갈가의 장난에 휘말려 문제를 일으키지 않을까 걱정스런 표정이 되었다.

"한 가지 궁금한 게 있습니다."

제갈가가 하는 짓을 조용히 지켜보고 있던 관치가 한 발 앞으로 나가며 입을 열었다.

"음?"

제갈곽은 진설의 호위라 소개한 자가 앞으로 나서자 '이건 또 뭐야?' 하는 표정이 되었다. 제갈가의 형제들 역시 관치의 등장이 의외였는지 모두 비슷한 얼굴 표정이 되었다.

그러나 관치의 일행은 이제 되었다는 듯 안심하는 눈빛을 보였다. 하지만 그것도 잠시, 계속되는 관치의 말에 언제 안도를 했냐는 듯 얼굴빛이 시커멓게 죽어버렸다.

"지금 시비를 거는 겁니까?"

"시비라니. 무슨 소린지 모르겠군."

제갈곽은 관치의 말에 어이없는 웃음을 보였다. 하룻강아지 범 무서운 줄 모른다는 표정이다.

"나는 무림인이 아니라 자세한 것은 모르겠지만, 최소한 지금 그대가 하는 짓은 충분히 시비를 거는 것으로 보입니다만."

"허허."

제갈곽은 두 눈 동그랗게 뜨고 따지듯 물어오는 관치의 모습에 다시 어이없는 웃음을 보였다.

"그게 아니라면 지금 하는 언행들은 뭡니까? 무림인들은 가끔 비무라는 걸 한다고 들었는데 혹시 그 비무의 시작이 이런 식으로 진행되는 겁니까?"

관치는 정말 모르겠다는 듯 진지한 표정으로 계속 질문을 던졌다.

제갈곽은 '이자가 미쳤나?' 하는 표정을 지었다가 관치의 말과 행동이 너무 진지해지자 '어떻게 하나.' 고민스런 표정이 되었다. 천둥벌거숭이 같은 놈이라면 당장 때려죽이면 그만이겠지만 관치는 화월각주의 사람이었고, 화월각주 묵진설은 쉽게 건드릴 수 있는 여인이 아니었다.

제갈곽이 미처 대답을 하지 못하고 웃음만 보이고 있자, 제갈진공이 앞으로 나섰다.

"지금 이 일은 그대가 상관할 바가 아닌 것 같습니다."

"왜 그런지 설명해줄 수 있겠소?"

또다시 이어지는 관치의 질문. 제갈진공은 황당한 자를 본다는 듯 웃음을 보이더니 다시 입을 열었다.

"이것은 곽 숙부님과 검협의 일입니다. 설사 그대의 말처럼 곽 숙부님의 행동이 시비를 거는 것이었다 해도 그것은 어디까지나 검협에게 국한된 일이지, 다른 사람은 무관하다는 뜻입니다."

"듣고 보니 틀린 말은 아니오. 그런데 듣는 이가 기분이 나쁘면 그것이 검협에게 한 말이라고 해도, 나를 비롯한 여기 있는 사람들 모두의 일이 될 수도 있지 않겠소?"

"그럴 필요가 있겠습니까? 방금 말씀드렸다시피 숙부님과 검협이 마무리 지으면 될 일을 무엇 때문에 모두가 나서서 문제를 키운단 말입니까."

"모두가 나서서 일을 키운 것은 그쪽이 먼저 한 것 아니었소?"

"오해가 있으신 모양이군요. 우리들은 숙부님을 말리려고 했었지, 부추기거나 그것을 방조한 적은 없는 것 같습니다만."

양두구육(羊頭狗肉) • 185

제갈진공은 자신의 말이 끝날 때마다 멈추지 않고 질문을 해오는 관치 때문에 점점 짜증이 올라오기 시작했다.

"아하, 제갈가는 세상 사람들이 살아가는 방식과 다른 개념을 가지고 있었던 것이군. 보통은 그렇게 행동하면 부추기고 일을 벌이는 것으로 이해하기 마련인데, 당신은 그것이 말리고 무마시키려 했다고 하니 나처럼 평범한 사람은 그대의 높은 뜻을 좇을 수가 없을 것 같소."

"무례하구나! 감히 이곳이 어딘 줄 알고 말장난을 하는 것이냐!"

　제갈진무는 동생 진공이 계속해서 말대답을 하게 되자 이쯤에서 끊을 생각으로 호통을 쳤다. 그러나 호통 소리 정도에 질문을 멈출 생각이었으면 시작도 하지 않았을 관치였다.

"혹시 그렇게 고함을 지르고 호통을 치는 것이 사실은 상대를 배려하고 안심시키는 제갈가만의 방식인 것이오?"

　관치는 제갈진공의 말을 빗대어 제갈진무의 행동을 곧바로 비꼬았다.

"감히!"

"허허허허. 소가주, 그만 하시는 게 좋겠소."

　제갈곽은 이런 식으론 끝이 없다는 걸 깨달았는지 더 이상 관치에게 휘말리지 않도록 진무를 진정시켰다.

"숙부님, 지금 저자는 가문을 모독하고 있는 겁니다."

"물론이오. 나도 잘 알고 있소. 그래서 그만 하시라는 거요. 모욕을 하는 자가 있으면 모욕을 받는 자가 있을 것이고, 모욕을 받은 자가 위신을 세우려면 상대를 응징해야 하지 않겠소. 만에 하나 그런 일이 벌어졌다간 오늘 제갈가에 찾아온 손님을 박대했다는 소문이 생길 수도 있을 것이고, 자칫 화월각주에게 미안한 일을 하게 될 수도 있으니 이쯤에서 그만두는 게 좋을 듯싶소."

 제갈곽은 자신의 말이 맞지 않느냐는 듯 묵진설을 바라봤다. '그대의 호위가 계속해서 문제를 일으킨다면, 나는 더 이상 참지 않을 것이오.' 제갈곽의 눈빛은 협박, 또는 위협을 할 때 보이는 딱 그것이었다.

 -오라버니, 그만두시는 게 좋겠어요.

 묵진설 역시 더 이상 상대를 자극하는 것은 좋지 않다 생각해 급히 전음을 날렸지만, 관치가 진설의 말을 들을 리 없다는 게 더 큰 문제였다.

 "모욕을 받으면 응징을 하는 게 맞소."

 "허허, 각주께서는 그만두실 생각이 없으신 모양입니다."

 연방 반복되는 관치와 제갈가의 말싸움을 말려 보고자 끼어들 틈을 보고 있던 미란이 자신의 친구 현지를 불렀다.

 "현지야, 숙부님 좀 말려 줘. 이러려고 온 게 아니잖아."

 "솔직해지는 게 좋지 않아?"

 제갈현지는 다 알고 있다는 듯 미란을 바라봤다.

"그게 무슨 말이야?"

"당문이 무너진 것이 우리가 남궁가와 손을 잡았기 때문이라고 생각하고 있잖아."

"현지야!"

미란은 느닷없이 엉뚱한 말을 해대는 현지의 모습에 '너 왜 그래?' 하는 표정이 되었다.

"듣자하니 당문을 공격했던 자들은 꽁꽁 숨어서 도망 다니던 자들까지 모조리 찾아내 죽였다던데, 여기서 너희들만 사라지면 당문은 완전히 끝장이 나는 거겠지?"

"어떻게 그런 생각을!"

미란은 현지의 입에서 흘러나오는 억측에 가까운 말을 들으며 할 말을 잃어버렸다.

"오라버니들, 더 이상 시간을 끌 필요가 있나요? 지긋지긋한 인연을 끝낼 수 있는 기회예요. 아버지 말씀대로 당문의 맥을 남궁가가 아닌 우리가 마무리한다면 사천을 배분할 때 더 많은 요구를 할 수가 있을 거예요."

"물론이지. 하지만 그 전에 챙길 건 챙겨야지. 정보에 의하면 흑의인들이 당문을 공격한 이유가 어떤 책자 때문이라고 하던데, 결국엔 손에 넣지 못한 것 같더군. 미란, 순순히 내놓고 도움을 청하면 과거의 정리를 생각해 지하 감옥 깊숙한 곳에 숨겨서 너희들의 목숨을 부지해주마. 어떻게 하겠느냐?"

제갈진무는 일이 재미있게 되었다는 듯 큭큭거리며 웃음
을 터트렸다.
 "명문으로 이름 높은 제갈세가가… 어떻게 이런 짓을…….
정도를 걸어야 할 무림 세가가……."
 "정도? 언제 적 이야기를 하는지 모르겠군. 사도니 정도니
하는 흑백 논리는 이미 구시대의 산물일 뿐이다. 지금은 선
점한 자가 앞서 가는 세상이고, 머리가 나쁜 자들은 도태될
수밖에 없는 그런 세상 아니던가?"
 제갈진무는 세상의 흐름을 읽지 못하고 과거에 얽매여 있
으면 결국엔 역사 속으로 사라질 뿐이라며 미란의 말을 비
웃어버렸다.
 진설은 일이 이상하게 돌아가기 시작하자 머리가 아팠다.
설마 제갈세가가 파렴치한 짓을 할 줄은 생각지 못했던 것
이다.
 '젠장, 각에 돌아가면 모두 다 죽었어. 요즘 정보 관리를
어떻게 한 거야!'
 묵진설은 최근 수집된 정보 분석이 완전히 어긋나 있음을
실감했다. 물론 그동안 평화로운 세상이 계속되었고 무림인
들의 자리가 좁아지면서 무림의 정보 수집을 등한시한 점이
있기는 했지만, 아무리 생각해도 이건 아니었다. 오늘 이곳
을 살아서 빠져나간다면 무림 세가에 대한 정보 수집 담당
자들을 가만두지 않겠다 마음을 별렀다. 그렇지 않아도 당

문의 일도 제대로 된 정보를 얻지 못해 부아가 치민 상태였는데, 오늘 상황을 겪고 보니 흑의인들의 능력이 신출귀몰해서 정보를 구하지 못한 게 아니라 무사안일, 천하태평한 근무 태도가 불러온 재앙임을 깨달은 것이다.

-오라버니, 어떻게 하죠? 이제 보니 아예 마음을 먹고 일을 벌인 것 같은데.

그래도 자신은 어떻게든 이곳을 빠져나갈 능력이 된다고 생각하고 있지만, 무공을 익히지 않은 관치는 도무지 어떻게 해야 할지 판단이 서지 않았다.

"고민이 길면 생각이 복잡해지는 법이오."

관치는 진설의 전음에 복잡하게 생각할 필요 없다는 듯 한 마디 툭 던졌다.

"이 상황에서도 꼭 그런 말투를 써야겠어요?"

진설은 죽을 상황이 되어서도 사무적 말투로 일관해버리는 관치의 모습에 울컥 화가 치밀었다.

"제갈곽 당신에게 할 말이 있소."

"아직도 할 말이 남은 것이냐?"

제갈곽은 화월각주가 관치에게 존칭을 쓰자 두 사람의 관계가 상상했던 것과 전혀 다를 수도 있음을 직시했다.

'분명히 무공을 익히지 않은 것 같은데……'

제갈곽은 근종에 든 자신의 능력이라면, 어지간한 자들을 제외하곤 상대가 어떤 경지에 들었는지 확인할 수 있다는 자신감을 가지고 있었다.

 사실 자신이 이 자리에 나타난 것 역시 미란 일행의 능력을 확인하고 어떻게 대처하는 게 가장 피해를 줄일 수 있는지 알아보기 위함이었다. 그런데 예상 밖의 인물이 등장하고, 또 그 존재의 위치가 가장 어려운 상대라 생각했던 화월각주보다 더 상전이라면, 어렵지 않게 일을 끝낼 수 있겠다는 자신의 판단이 틀어질 수도 있다는 뜻이었다.

"정말 미란 소저와 민영 소저를 잡아 가둘 것이오?"

"잡아 가둔다기보단 비밀스러운 장소에서 그들을 보호한다는 게 맞겠지."

"그렇군. 좋소. 그렇게 합시다."

"으응?"

"당문을 멸망시킨 자들을 피해 다니는 것도 만만치 않은 일이었소. 사실 한계에 봉착한 상태이기도 하고. 제갈가에서 저 둘을 맡아준다면 나야 두 손 들고 환영할 일이오."

 관치의 말에 제갈곽은 물론이고, 다른 이들의 얼굴에도 '그게 뭔 소리야?' 하는 의문의 표시가 줄줄이 떠올랐다.

"서로 원하는 게 같은데 뭐 하러 힘써 싸우느냔 말이지. 당신은 미란과 민영 소저를 얻고, 덕분에 나는 그 지긋지긋한 흑의인 놈들과 보지 않게 돼서 좋고. 누이 좋고 매부 좋다는 말은 이런 것을 두고 하는 말이 아니겠소?"

 제갈곽은 지긋지긋한 흑의인들이라는 부분에서 잠시 고민

하는 표정이 되었다. 일단 일차적인 목표는 미란이나 민영 둘 중에 한 명이 가지고 있을 의문의 책자였지만, 자칫 그것을 얻고자 승냥이 떼를 불러들일 수도 있겠단 생각이 든 것이다.

그러나 이대로 물러설 수도 없는 일. 제갈곽은 슬쩍 떠보는 목소리로 그럴 일은 없을 거라고 말했다.

"그들은 저 아이들이 이곳에 있다는 것을 알지 못할 것이다."

"과연?"

"너희들이 세가의 권역에 들어온 순간부터 이미 감시를 해왔던 우리다. 네 말처럼 흑의인들이 따라왔다면 우리들 눈에 이미 포착되었을 것이 아니냐."

"하하하하하!"

관치는 제갈곽의 말에 느닷없이 박장대소를 터뜨렸다.

"무슨 의미냐?"

"천하의 석학들이 즐비하다는 제갈세가가 왜 이렇게 된 것이오?"

"놈! 말을 계속 함부로 할 것이냐?"

"생각을 해보시오. 그대가 보기엔 당문이 그렇게 허술하고 나약한 곳이었소?"

"……."

"정확히 반나절, 그것도 소리 소문 없이 스며든 자들에게 끽 소리 한번 내보지 못하고 전멸을 당했소. 솔직히 말해봅시다. 당문과 제갈가가 전면전을 벌인다면 누가 이겼을 것 같소?"

제갈곽은 관치의 말에 점점 표정이 심각해지기 시작했다.

"굳이 말하지 않아도 답은 서로가 알고 있지 않소. 진식을 이용해 싸운다면 그나마 제갈가가 유리하겠지만, 아예 전면전을 벌인다면 제갈가의 필패! 그런데 그런 실력을 가지고 당문을 반나절 만에 증발시켜 버린 흑의인들의 움직임을 감시하고 찾아낼 수 있다고 자신하는 것이오? 아니면 용기가 백배해서 어떤 적이든 다 막아낼 수 있다고 생각하는 것이오?"

"제갈세가는 수배에 달하는 외부의 적이 쳐들어온다고 해도 절대 무너지지 않는다. 수많은 절진이 설치돼 있음을 모르진 않겠지."

"무슨 진이 얼마나 설치돼 있는진 모르겠지만, 나는 이대로 빠져야겠으니 알아서들 하시오. 당신들이 원하는 것은 저 둘이고, 내가 원하는 것은 이곳을 빠져나가 세상에 없었던 사람처럼 완전히 은거를 하는 것이오. 어떻게 할 것이오? 목적하는 바는 이루었으니 이쯤에서 상관없는 사람들은 보내주는 것이."

"숙부, 저자의 말을 들을 이유가 없습니다. 모두 깨끗이 지워버리면 그만 아닙니까."

제갈진무는 왜 자꾸 관치의 말에 신경을 쓰냐며 자신의 숙부를 다그쳤다.

"아니야. 이렇게 성급하게 움직이는 게 아니었어. 현선아, 가서 가주를 모셔오너라. 이 부분은 가주의 결정이 필요한 부분이다."

 관치의 말에 곰곰이 생각을 하던 제갈곽은 충분히 있을 수 있는 일이란 생각이 들기 시작했다. 제갈가가 아무리 대단하고 많은 준비를 갖췄다 해도 반나절 만에 당문을 박살낼 수는 없었다.

"자칫하면 우리도 당문 신세가 될 수 있다."

 제갈진무는 쓸데없는 고민을 하고 있다고 생각했다. 마음 같아선 당장 모조리 잡아버리고 반항하는 자는 깨끗이 처리해버리고 싶었지만, 이미 가주까지 부르러간 마당에 섣불리 일을 벌일 수도 없게 되었다.

"알아서 처리하라고 하지 않았느냐."

 가주 제갈선은 전각에 들어서자마자 왜 아직까지 이들을 처리하지 않았냐며 언성을 높였다.

"숙부님, 어떻게 저에게 이러실 수가 있습니까!"

 미란은 제갈선이 모습을 나타내자 있을 수 없는 일이라며 바로 입을 열었다.

"쯧쯧쯧, 이래서 내가 자리를 비켜 주었거늘."

 제갈선은 미란의 원망 섞인 눈빛이 불편했는지 고개를 돌려 버렸다.

"곽, 무엇 때문에 나를 부른 것이냐?"

제갈선은 동생 제갈곽이 자신을 불렀다는 말에 급히 달려왔기에 곧바로 용건을 물었다.

제갈곽은 관치에게 들었던 이야기를 다시 되풀이하며, 과연 이렇게 일을 처리하는 게 옳은 일인지 모르겠다는 표정을 지었다.

제갈선 역시 미란과 민영이 영역에 들어왔다는 말만 듣고 바로 일을 추진했었기에 미처 그 부분은 생각지 못했다는 듯 고민스런 얼굴이 되었다. 미란이 뭔가 중요한 물건을 지니고 있을 수도 있다는 소문에 다른 이들이 손을 뻗히기 전에 발 빠르게 움직였기 때문이다.

물론 본래 계획대로라면 인적이 드문 산길에서 마무리가 되어야 했지만, 예상 밖에 미란이 직접 세가로 찾아오는 바람에 준비했던 매복은 의미가 없어진 것이다. 그리고 혹시나 하는 마음에 세가의 무사들 태반을 내보냈었기에 미란과 민영을 맞이할 때는 자신들이 직접 나설 수밖에 없었던 것이다.

"형님, 결정을 해주시죠."

"하지만 저자는 미란과 함께 온 자다. 어찌 믿는단 말이냐?"

"꼭 저자의 말이 아닐지라도 우리가 급하게 움직이다 보니 미처 대처하지 못했던 부분 아닙니까. 만에 하나 그런 일이 벌어지기라도 하면 우리 역시 힘든 상황에 처할 수도 있다는 생각이 듭니다."

제갈선은 당장 결정을 내리기가 어려운지 다른 이들에게도 의견을 구했다.

"너희들은 어찌 생각하느냐?"

"미란이 세가에 왔다는 사실은 아직 아무도 모르는 일입니다. 아예 속전속결로 처리하고, 성동격서의 방책을 쓰는 게 어떻겠습니까?"

"진무의 방법이 가장 안정적일 것 같군. 본래 계획대로 처리해라. 진공 너는 저들과 체형이 비슷한 이들을 선별해 미란과 민영이 다른 곳으로 간 것처럼 상황을 꾸며 내라."

제갈선은 만에 하나 정보가 새나가 미란이 자신의 손에 있다는 소문이 돌면 관치의 말처럼 심각한 상황에 처할 수도 있었기에 적들의 눈을 속일 수 있는 방법을 추가한 것이다. 물론 꼼꼼히 살필 겨를이 없기 때문에 누군가 의구심을 갖기 전에 모든 일을 일사천리로 마무리 지어야 했다.

"그리고 곽아."

"네, 형님."

"네 생각이 잘못되었단 것은 아니다만, 앞으로 내가 없을 때는 진무의 의견을 따르도록 해라. 내가 없더라도 충분히 세가를 이끌어갈 수 있는 아이니 네가 잘 챙겨야 할 것이다."

"물론입니다."

제갈곽은 진무가 자신의 조카라는 신분을 가지고 있다고 해도 이미 세가의 후계자 수업을 마무리 짓고 전면에 나서 활동을 시작한 이상, 진무의 행동이나 발언에 힘을 실어줄 필요가 있다는 생각이 들었다. 차후 진무가 세가를 물려받을 것은 당연한 일이고, 자신의 노후를 생각한다면 고민할 필요도 없는 일이었다. 어차피 자신은 머리 쓰는 일보단 몸을 쓰는 데 익숙하니, 이것저것 판단하는 위치가 되는 것보다 결정된 내용을 마무리 짓는 직책이 더 편하고 마음이 즐거웠다.

제8장. 마이동풍(馬耳東風)

마이동풍(馬耳東風)

-남의 말을 귀담아듣지 아니하고 지나쳐 흘려버림

 제갈선은 어차피 다 그렇고 그런 게 무림의 일이라는 듯 미란을 바라보더니 다시 전각 밖으로 나가버렸다. 미란은 제갈선의 등을 뚫어질 듯 노려보다가 민영을 자신의 뒤로 뺐다.
 "좋아! 언제부터 제갈세가가 이렇게 음흉해졌는지는 모르겠지만, 절대 당신들 손에 잡히는 일은 없을 거야!"
 "어렸을 때부터 고집이란 고집은 다 피우고 독하게 굴더니 끝까지 그 성깔은 버리지 못하는구나."
 제갈진무는 미란의 외침에 비웃음을 날렸다. 잠시 뒤엔 세가를 나가 매복을 하고 있던 무사들이 돌아올 것이고, 상대가 누구든 간에 세가 안에서 상대한다면 필승을 할 수밖에 없었다. 곳곳에 설치된 진법과 기관진식은 아무리 대단한 능력을 지녔다 해도 평소 절반 정도의 힘도 발휘하기 어렵게 만들기 때문이다.

관치는 불안한 기분이 맞아떨어진 것에 한숨을 내쉬더니 다시 제갈곽에게 말을 건넸다.

"당신이 제갈가의 최고수요?"

"또 무슨 말을 하고 싶은 것이냐?"

"그냥 물어보지 않소. 당신이 제갈세가에서 가장 강한 사람이냐고."

제갈곽은 평소 그다지 고민하지 않던 부분을 물어오자 선뜻 대답하지 못하고 머뭇거렸다.

"듣자하니 학문보다 무공에 미쳐 지냈다고 하던데, 설마 무공에 미쳐 살았는데도 아직 최고수가 못 된 것이오?"

"무슨 소리!"

"그런데 왜 자신 있게 대답을 못하는 것이오?"

관치는 어서 이야기해보라는 듯 제갈곽을 바라보며 전각 안을 걸어 다니기 시작했다.

"가만있지 못하겠느냐!"

"어차피 움직여 봐야 전각 안인데 왜 그렇게 긴장을 하는 것이오? 극강급 고수라면 우리들의 무공 수위 정도는 대략적으로 파악했을 텐데. 그렇지 않소?"

"당연하다!"

"오호! 역시 그렇군. 그렇다면 나는 어떻게 보이시오?"

관치는 자신의 역량도 한번 파악해보라면서 이번엔 제갈진무 쪽으로 걸음을 옮겼다.

제갈진무는 제갈곽이 관치가 어느 정도 능력을 가지고 있는지 선뜻 대답하지 못하자, '설마 이자가 곽 숙부와 동수라도 된단 말인가?' 하는 생각이 들었다. 사람 마음이란 게 간사해서 상대할 자의 능력이 미지수라는 생각이 들자 자신도 모르게 관치의 움직임을 피해버리고 말았다.

"당신은 왜 나를 피하는 것이오?"

관치는 이상하다는 듯 진무를 바라보더니, 이번에는 미란과 민영이 있는 쪽으로 걸음을 옮겼다.

"미란 소저, 어떻게 하고 싶소? 그대가 원하는 대로 모든 게 흘러갈 것이오."

관치는 자신이 적진에 있든 말든 아무 상관도 없다는 듯 미란에게 원하는 바를 물어봤다.

그런 그의 행동이 너무 당당하고 자연스럽다 보니 공격 명령을 내려야 하는 진무를 자꾸만 주춤거리게 만들었다. 뭔가 있기는 있는 것 같은데 그것이 무엇인지 확인이 되지 않으니, 행여 역공을 당하게 될까 걱정이 들기 시작한 것이다.

거기다 세가의 최고수 중 한 명인 제갈곽마저 주춤거리는 모습을 보이자, 진무의 머리는 순식간에 수많은 고민과 예상치로 가득 차버렸다.

"말해보시오. 어떻게 하면 그대의 배신감이 가라앉을지."

관치는 걱정할 필요 없으니 편하게 이야기하라며 미소까지 지어 보였다.

'도대체 무슨 생각을 하는 거지?'

미란은 물론이고 민영과 연준하, 그리고 묵진설까지 전각 안을 어슬렁거리며 자꾸만 이상한 소리를 해대는 관치의 행동에 감을 잡을 수 없기는 마찬가지였다.

'어차피 이 상황에서는 모 아니면 도야. 이왕이면 모가 나오길 바라야겠지.'

미란은 제갈 형제들의 공격을 대비하는 게 우선인지, 아니면 관치의 행동에 맞장구를 치는 게 우선인지 고민하다가, 결국 믿을 수 있는 것은 관치밖에 없다는 생각이 들었다.

"제갈세가에서 허리를 조아리고 나에게 사과하는 모습을 보고 싶어요."

제갈곽과 제갈진무, 제갈진공과 제갈현지는 독기가 철철 넘치는 미란의 말에 '그게 말이 돼?'라는 표정을 지었다.

현재도 미란 쪽이 절대적으로 불리한 데다, 운 좋게 살아난다 해도 미란은 사과를 받는 게 아니라 도주를 택해야 하는 상황이었다. 미란이 친구로 생각했던 제갈현지가 웃기는 소리 하지 말라며 한 소리 하려는 순간, 미란의 말보다 더 황당한 말이 관치에게서 흘러나왔다.

"겨우 그거?"

"에? 그걸로 부족한가요?"

당황하기는 미란도 마찬가지. 제갈세가의 사과를 받아내는 일은 '겨우 그거'라고 말할 만큼 단순한 일이 아니었다. 그런데 관치는 그 정도는 아무것도 아니라는 듯 오히려 한 술 더 뜨는 게 아닌가.

"좋아. 일단 원하는 게 그것이라면 그렇게 해주지. 검협께서 잠시 도와주셔야겠습니다."

"내가?"

미란과 마찬가지로 독 안에 든 쥐가 되었다는 생각에 답답한 표정을 짓고 있던 연준하는, 관치가 자신을 도와달라고 하자 '뭘?' 하는 표정이 되었다.

"제갈곽과 한판 붙어보시죠."

"지금 무슨 소리를? 지금 내 실력으로는……."

연준하는 말이 되는 소리를 하라며 관치를 바라보았다. 거기다 자신이 당하기라도 하는 날엔 일행의 안전은 그걸로 완전히 끝장이 나는 것이었다.

관치가 다시 입을 열려고 할 때 전각 밖에서 기별이 날아들었다.

"소가주님, 모든 준비가 끝났습니다."

"왔군."

진무는 매복을 나갔던 무사들이 돌아왔다는 말에 이제 때가 되었다는 표정을 지었다.

"네놈이 무슨 생각으로 자꾸 헛소리를 하는지 모르겠지만, 이쯤에서 포기하는 게 좋을 것이다. 전각이 포위되었으니 도망조차 칠 수 없을 것이다."

"누가 도망을 친다고 했소? 걱정도 팔자시오."

관치는 이미 늦었다는 듯 자신들을 바라보는 진무의 미소에 다시 한 번 찬물을 끼얹었다.

"으드득! 네놈을 죽는 순간까지 최대한 괴롭혀서 다시는 헛소리를 하지 못하게 만들 것이다."

◎　◎　◎

"저기… 나 이쯤에서 한마디 해도 될까?"

쉬지 않고 이어지는 연준하의 이야기에 표사 한 명이 결국 손을 들었다.

"네. 무슨 일입니까?"

"솔직한 이야기를 듣고 싶은지, 아니면 부드럽게 돌려서 듣고 싶은지 먼저 선택을……"

연준하는 표사가 하고 싶은 말이 그다지 좋은 말이 아님을 알아차렸다.

"뭐든 상관없으니 말씀하십시오."

"있는 그대로 이야기하는 것은 좋은데, 자질구레한 것은 그냥 좀 넘어가면 안 될까? 한곳에서만 계속 이야기를 나누는 형태다 보니 도무지 이야기에 진도가 나가질 않잖아."

"하지만 이야기 구조상……."

"내 말이 바로 그 말이야. 그 구조를 어떻게 좀 해달라고. 아무리 생각해도 관치가 이야기할 때보다 몸과 마음이 더 빨리 지치는 것 같단 말이야."

"음……."

"생각해보라고. 앞으로 한 시진 뒤면 다시 길을 떠나야 하는데, 지금 그런 식으로 이야기했다간 제갈가에서 있는 대로 시간을 다 써버리고, 다음 이야기는 아예 시작조차 어렵게 되는 게 아닌가 싶어서 말이지."

"하지만 시간이 촉박하다고 이야기를 압축해버리면……."

"물론 차분히 이야기를 듣는 분위기라면 자네의 말이 맞네. 하지만 생각해보게. 우리는 이야기를 듣는 게 목적이 아니라, 잠시 비를 피하고 휴식을 취하는 게 목적이었네. 그런데 지금 상태가 어떤가? 비는 그럭저럭 피했다고 하지만, 우리의 휴식은 자네와 관치의 이야기를 들으면서 그대로 날아가 버렸네."

"음……."

"이번엔 관치 당신이 이야기해보는 게 어때?"

진하석은 연준하가 바로 대답을 못하고 주춤거리자, 바로 관치에게 이야기를 맡겨 버렸다.

"다시 제가 이야기의 주연이 되었군요. 하하! 연준하 저 친구, 필요 없는 말까지 다 가져다붙여서는. 쯧쯧쯧! 이야기는 단순하면서도 명쾌하고, 또 시원시원한 웃음거리가 들어 있어야 한다고 그렇게 말을 해도 꼼짝도 안 하더니 꼴좋다."

"쳇!"

연준하는 마음대로 하라는 듯 고개를 돌려 버렸다.

그사이 몇 사람들이 볼일을 보고 오겠다며 자리에서 일어났고, 그 바람에 이야기는 잠시 소강상태에 접어들었다.

◎ ◎ ◎

"총 12개 조로 보고 7개 조, 미보고 5개 조입니다. 아직까지는 확인된 바 없습니다."

정복문 3차 무림행의 책임자 중 한 명인 용문진은 초조한 표정을 감추지 않았다. 이번 기회마저 놓치게 된다면 자신은 벼랑 끝에 몰리는 형국이 되기 때문이다.

"우리 쪽 조는 어떻게 되었지?"

"네. 4개 조에서 3개 조는 보고가 들어왔고, 나머지 1개 조는 아직 소식이 없습니다."

"나머지 조는 어떤 자들이지?"

"용선표국입니다."

"잠입에 실패한 건가?"

"아닙니다. 각 조마다 특이한 경우가 발생하고는 있지만,

아직까지 누군가 발각되었다는 보고는 없었습니다."

"특이한 경우?"

용문진은 이미 질리도록 특이한 경우를 당한 상태였는데 또다시 특이한 경우가 발생하고 있다고 하자 이 갈리는 표정이 되었다.

"그렇습니다. 거의 모든 조에서 관치 그자가 보고되고 있습니다."

"크크큭! 거의 모든 조에서 보고가 되고 있다고?"

"그렇습니다. 그런데 더 문제가 심각한 것은 그중에 누가 진짜인지 알 수가 없다는 점입니다."

보고를 하던 부하는 상관의 표정이 붉으락푸르락 입술까지 실룩거리자 잠시 말을 멈췄다.

"소관치! 내 손에 잡히는 날엔 머리부터 발끝까지 가루로 만들어버리겠다!"

부하는 당연히 그 말이 나올 줄 알았다는 듯 고개를 끄덕이더니 다시 말을 이어갔다.

"약속한 시간까지는 이틀이 남은 상태이며……."

"아직 보고가 들어오지 않은 곳이 어디라고 했지?"

"아, 용선표국입니다. 다른 곳은 실시간으로 정보가 들어오고 있습니다. 대부분 괴상한 이야기들이지만 나름 재미는 있다는 반응들입니다."

"괴상한 이야기?"

"관치 그자가 자신의 경험담을 직접 이야기해준다고 합니다."

"경험담이라면……."

"네. 생각하시는 것이 맞습니다. 일단 보도된 이야기들을 분석하고 분류하고는 있습니다만, 분석관의 보고에 따르면 이십 년 만에 고향에 돌아가는 한 사내의 이야기라고 합니다. 내용이 들쑥날쑥 갈피를 잡기 어려운 점이 있어, 누가 진짜 자신의 이야기를 하고 있는 건지 집어내기가 아직은 어렵다고 합니다."

"정신 차리라고 그래! 이제 이틀 남았어! 이틀 안에 그 자식을 찾아내지 못하면 무슨 일이 벌어지는지 알아?"

"정보 등급이 낮아서 특급 사항까지는 아직……."

"……."

"제가 알아야 할 사항이라면 정보 등급을 조정해주시거나, 살짝 귀띔을 해주시면……."

"됐다."

"아, 네."

용문진은 잠시 고민하는가 싶더니 자리에서 벌떡 일어나 부관을 찾았다.

"부르셨습니까?"

"그래. 잠시만 나 대신 일을 좀 처리해줘야겠다."

"네? 그게 무슨 말씀이신지?"

"그냥 우두커니 앉아서 소식이 오기만을 기다리고 있으라고? 더 이상은 그렇게 못하지. 아예 내가 직접 나서는 게 확실하고 빠른 길인 것 같다."

"하지만……."

"그만! 확실한 증거가 포착되는 곳이 있으면 바로 연락을 주도록."

"어디로 가실 생각이십니까?"

"아직 보고가 오지 않고 있다는 용선표국으로 간다. 내가 직접 관치 그자를 찾아서 요절을 내버리고, 이 지긋지긋한 공방전을 마무리 짓고 말 것이다."

◎ ◎ ◎

관치는 볼일을 보겠다고 나갔던 사람들이 모두 자리에 돌아오자 다시 본격적으로 이야기를 시작했다.

"자, 지겨운 연준하 형 이야기는 퇴출을 당하고, 드디어 여러분이 원하시던 본격 무림 활극 시대 소관치가 돌아왔습니다."

"그래. 아무래도 처음부터 들어왔던 자네 이야기가 좀 더 익숙한 것 같아. 이번에도 재미있게 한번 이야기해보라고. 껄껄껄!"

"아, 물론입니다. 둘이 듣다 셋이 죽어도 모를 정도로 확실한 재미를 보장해드리겠습니다."

 관치는 싱글벙글 웃음을 멈추지 않고, 미란 등이 위험에 처한 부분부터 다시 이야기를 시작하려 했다.

 "그래서 미란이 그랬습니다. 어떻게 인간의 탈을 쓰고······."

 "표두님, 또 누군가 옵니다."

 "응? 이상하군. 오늘 진짜 무슨 날인가?"

 진하석은 다른 누군가가 또 온다는 말에 이젠 귀찮다는 반응을 보였다.

 이 시간에 이곳을 지나가는 경우는, 무당의 행사에 참가하기 위해 다른 지역에서 온 무림인이 불빛을 보고 잠시 쉬었다 가려고 하는 게 전부라고 생각했다.

 아니나 다를까 이번에도 검을 든 자가 모습을 나타냈고, 진하석과 인사를 나누었다.

 "이곳의 표두가 되는 진하석입니다."

 "아, 진 표두셨군요. 저는 종남파(綜南派)에서 온 용문진이라고 합니다."

 "종남이라면 섬서에서 오셨군요. 아, 그러고 보니 종남과 화산은 서로 지척에 있는 문파이죠?"

 "아, 네. 그렇지요."

 "구파 중 둘이 한 지역에 모여 있다니 섬서성도 정말 대단한 곳입니다."

"별말씀을……."

직접 자신의 눈으로 확인을 하겠다던 용문진은 그새 종남파 검객의 모습으로 변복을 하고 용선표국에 끼어들었다.

"역시 무당으로 가시는 거겠죠?"

"그렇습니다."

"그럴 거라 짐작했습니다."

"진 표두께서는 이번 무림의 일에 관심이 많으신 것 같습니다. 제가 말을 하지 않아도 모든 걸 알고 계시는 듯하니."

용문진은 자신에게 그만 좀 말을 시켰으면 좋겠다고 생각했지만, 진하석은 그를 쉽사리 놔줄 생각이 없는 것 같았다.

용문진 입장에서는 왜 이렇게 귀찮게 하는지 감을 잡을 수 없었지만, 막상 진하석 입장에서는 연이어 나타나는 가짜들의 등장에 살짝 질린 것 같기도 하고, 반복되는 형태에 식상한 표정을 지으면서 뭔가 참신한 것을 찾는 것 같기도 했다.

"제가 좀 많이 아는 편이죠. 그런데 성함이 용문진이라고 하셨던가요?"

"네, 그렇습니다."

"그렇군요. 용문진이라. 혹시 화산파의 검협 연준하를 아십니까?"

"아, 물론이죠. 검협을 모르고서 어찌 무림인이라 하겠습니까?"

"그래요? 그럼 혹시 소관치라는 사람은 알고 있는지 모르겠습니다."

 용문진은 검협 연준하에 대해서 물어볼 때는 일반 상식처럼 대답을 했지만, 느닷없이 관치를 아냐고 물어오자 말문이 막혀 버렸다. 모른다고 해야 정상인지, 아니면 관치 역시 안다고 해야 정상인지 판단을 하기 어려워진 것이다.

 '소관치, 도대체 무슨 일을 이렇게 복잡하게 꾸민 것이냐!'

 "모르시나요?"

 "아, 그것이… 어디서 들어본 이름 같기도 하고."

 "아, 그럼 아는 사람입니까?"

 "처음 듣는 이름 같기도 해서……."

 "아, 그렇군요. 그럼 잘 모르는 사람이겠군요."

 진하석은 이미 다 알고 있으니 그냥 솔직해지는 게 어떻냐는 듯 용문진을 바라보았다.

 '뭐야? 뭐가 어떻게 돌아가는 형국이야!'

 용문진은 일개 표두 따위가 감히 자신을 취조하듯 질문을 던지자 속이 끓어올랐지만, 그렇다고 화를 내는 게 맞는지, 아니면 하하 웃는 게 맞는지 더욱 감을 잡을 수 없게 되었다.

 '이런, 젠장할! 설마 이런 상황이 모든 곳에서 벌어지는 것은 아니겠지. 아니, 관치 그자라면 충분히 그러고도 남을 인간이지. 일단 최대한 눈치껏 적응해나가자.'

용문진은 만에 하나 이곳에 관치가 있다면 역공을 당할 수도 있다는 생각이 들자, 정신을 바짝 차려야겠다고 마음먹었다.

"그게 잘 모르겠습니다."

"흠… 그래요?"

"혹시 제가 꼭 알아야 하는 사람입니까?"

"아니, 뭐 그런 것은 아닙니다만, 그래도 혹시나 해서 물어본 겁니다."

"아, 네."

 용문진이 변복을 한 종남의 검객이 아니고 진짜 종남파 사람이었다면 오히려 화를 낼 만도 했지만, 어디에 장단을 맞춰야 잘하는 짓인지 고민을 해야 하는 상황이라 자신 있게 나서지도 못하는 묘한 상태가 되어버렸다.

"소관치는 모른다 해도 무림삼화 중 화중검 임표표 소저는 알고 계시겠죠?"

"네? 누구요?"

"화중검 임 소저 말입니다."

"아, 물론입니다. 당연히 알고 있죠."

 용문진은 일반 상식에 가까운 문제가 나오자 안도하는 표정으로 냉큼 대답했다.

 진하석은 용문진의 들쑥날쑥한 반응에 역시나 이번에도 뭔가 수상한 인간이 하나 나타났다고 생각했다.

"자, 이번에 합류하신 분은 종남파에서 오신 용문진 검객이십니다. 또 누가 오실지는 모르겠지만, 일단 함께 자리를 하게 되었으니 막사 안이 좁더라도 서로 양보 좀 해가면서 비를 피하도록 합시다."

누군가 나타날 때마다 표물을 걱정하던 진하석은 온데간데없고, 새로운 사람이 나타날 때마다 이번엔 무슨 재미를 주려나 하는 생각이 앞서기 시작했다.

쟁자수들이나 표사들 역시 그냥 그러려니 하는 표정을 짓더니, 용문진에게 자리를 내주었다.

"하하! 죄송합니다."

"아닙니다. 함께합시다. 한창 재미있는 이야기를 듣는 중이었는데, 눈을 붙일 게 아니라면 함께 들으십시다."

자리를 만들어주었던 표사 한 명이 아무렇지도 않다는 듯 사람 좋은 웃음을 지어 보이더니 관치를 향해 입을 열었다.

"이보게, 관치, 이제 이야기를 시작하세나."

움찔.

용문진은 느닷없이 관치라는 이름이 튀어나오자 자신도 모르게 기운을 끌어올렸다. 그러다 아차 하며 바로 기운을 다스렸고, 아무 일도 없었다는 듯 관치 쪽으로 시선을 돌렸다.

무공 수위에 대한 설명 이후로 다시 침묵을 고수하고 있던 지운의 시선이 잠시 동안 용문진에게 머무른 것은 당연한 일이었다.

 용문진은 지운의 시선은 미처 의식하지 못한 채 관치와 연준하를 번갈아 보며, 이들이 진짜인지 가짜인지 파악하고자 신경을 집중하기 시작했다.

 '생긴 건 그놈들이 맞는데… 분위기는 영……'

◈ ◈ ◈

"미란이와 민영이는 일단 뒤로 빠지고, 연준하는 이쪽으로 나와."

 관치는 급박한 상황이 분명함에도 제갈가의 사람들은 아예 없는 셈 치는 것 같았다.

"진설이 너는 그 위치에서 미란과 함께 민영이 좀 챙겨 주고."

"알았어요."

 관치는 사람들을 자신이 원하는 곳에 위치시키는 게 마무리되자 다시 제갈진무를 바라보았다.

"진무라고 했던가?"

"……"

"준비 끝났으니 할 테면 해봐."

"미친놈."

 진무는 혼자서 북 치고 장구 치는 관치의 모습에 콧방귀를

뀌었다.

"내가 미친 건지, 아니면 당신네 제갈가가 정신이 나간 건지는 해보면 알겠지."

이번에도 관치 옆에 자리하게 된 연준하는 일전에 아궁이 사건처럼 또 혼자 미쳐 날뛰게 되는 것은 아닌지 조심스런 표정이 되었다.

'이번에는 괜히 잔머리 굴리다가 혼자서 당하는 일은 없어야 한다.'

연준하는 이번에는 정직하게 움직이고, 정직하게 막아서기로 마음을 먹은 상태였다. 어차피 호랑이 굴에 들어온 이상 정신을 바짝 차리는 게 최고라 생각한 것이다.

"연준하, 너는 제갈곽이다."

"뭐?"

"싸움을 잘하는 사람이 센 놈을 맞는 게 당연하지 않나?"

연준하는 제갈곽을 막으라는 관치의 말에 '나보고 죽으라고?' 하는 표정을 지었지만, '그럼 여기서 다 죽을까?' 하는 관치의 표정에 끙끙거리는 모습으로 검을 뽑아들었다.

"젠장! 어차피 이판사판이다! 다 덤벼!"

연준하는 물러설 곳이 없다고 판단했는지 고래고래 소리를 지르며 제갈곽을 노려봤다.

제갈곽은 어떻게 하냐며 소가주 진무를 바라보았고, 진무는 더 이상 생각할 필요가 없다는 듯 전각 안의 기관을 작동시켰다. 함정이 발동되면 굳이 손을 쓰지 않고도 얼마든지 이 상황을 정리할 수 있는 것이다.

 그르르릉!

 마치 맷돌 굴러가는 듯한 소리가 전각 내에 울려 퍼지더니, 전각 곳곳의 창문이 봉쇄되면서 여기저기 마룻바닥이 쑥쑥 꺼져 버렸다.

 "뭐, 뭐야!"

 앞으로 걸어 나가려다가 관치의 손에 붙잡혀 낙상을 면한 연준하는 식겁한 표정을 지으며 푹 꺼져 버린 바닥을 바라보았다. 깊이를 알 수 없는 공간이 시커먼 입을 벌리고 혀를 날름거리는 느낌이 들었다.

 제갈진무를 비롯한 제갈가의 사람들은 기관이 작동되면 관치 일행 중 몇몇은 지하 감옥으로 직행을 하고, 나머지는 당황한 나머지 힘도 써보지 못하고 제압을 당할 거라 생각했다.

 그런데 어떻게 된 일인지 관치를 비롯한 어느 누구도 함정에 빠져들지 않았고, 기묘하다 싶을 정도로 바닥을 받치고 있는 기둥과 연결된 위치에 자리를 잡아 어떤 피해도 입지 않았다.

 "끝인가?"

 관치는 설마 이 정도 함정으로 그렇게 자신만만한 표정을 지었었냐며 진무를 바라보았다.

진무는 관치가 횡설수설하며 전각 안을 돌아다니던 것을 떠올리더니, 그것이 그냥 돌아다녔던 게 아님을 깨달았다.
"어떻게 함정의 위치를 모두 확인했는지는 모르겠지만, 어차피 움직일 수도 없는 위치다."
"아니지. 나는 여기서 움직일 생각이 없다. 잡고 싶으면 너희들이 와."
관치는 내가 왜 움직여야 하는지 모르겠다며 오히려 진무에게 움직일 것을 요구했다.
"미란아, 민영아."
"네."
"갇혀 있기는 마찬가지다. 여기에서 너희 집안의 특기 좀 보여 줘."
두 사람은 집안의 특기를 보여 달라는 관치의 말에 당연히 그렇게 할 생각이었다는 듯 암기를 꺼내들더니, 제갈가의 사람들에게 마구잡이로 던지기 시작했다.
한정된 공간 안에서 공간을 메우고 날아드는 암기 공격은 그들을 기겁하게 만들었고, 행여 독에 당하지 않을까 거꾸로 걱정하는 입장이 되어버렸다.
"소가주! 기관을 정상으로 돌려놓으시오! 밖으로 나갑시다!"
제갈곽은 암기를 피해내며 급히 말을 건넸다. 본래 자신들이 생각하고 있던 결론은 이게 아니었는데, 일이 이상하게 되어버린 것이다.

 제갈진무는 어쩔 수 없다는 듯 기관을 정상화시켰고, 막혀 있던 창문이 열리고 바닥이 원상 복구되었다.

 그 순간 미란과 민영이 몸을 날렸고, 또다시 암기 다발이 사방을 가득 메웠다. 그러나 아쉽게도 두 사람의 암기는 제갈가의 사람들에게 큰 피해를 주지 못했고, 그들을 쫓아내는 정도에 그쳐야 했다.

 "이제 어떻게 하죠? 밖으로 나갈 수도 없고, 그렇다고 이곳에 계속 남을 수도 없는데……."

 미란은 상황이 답답하게 되었다며 고민스런 표정을 지었다.

 "걱정할 필요 없어. 말린 육포는 충분히 가지고 있잖아."

 "네? 그게 무슨……."

 미란은 설마 여기에서 농성을 하자는 거냐며 관치를 바라보았다.

 "진설, 네 행적이 끊기면 널 찾아오는 데 보통 얼마나 걸리지?"

 "길어야 이틀이죠. 보통은 하루면 돼요."

 "들었지? 화월각주는 흔적이 끊기거나 연락이 되지 않으면 절대 안 되는 사람이지."

 "……."

 미란은 처음부터 이렇게 될 줄 알고 있었다는 듯 행동하는 관치의 모습에 뭐가 뭔지 모르겠다는 표정이 되어버렸다.

"연준하, 오늘 용감하던데?"

"시끄러. 너에게 그런 소리를 듣고자 행동한 게 아니다."

"그러시겠지."

관치는 화산검협께서 어련하시겠냐는 듯 피식 웃어버렸다.

"그런데 머리 쓰기 좋아한다는 제갈세가 맞아?"

관치는 아무리 생각해도 어이가 없다는 듯 미란을 바라보았다.

"네? 그게 무슨……."

"아니, 자기들까지 전각 안에 가둬버리는 바보들이 있으리 라곤 생각도 못해봤거든. 거기다 내가 들어왔던 무림 세가와는 분위기도 좀 다른 것 같고."

"그러게요. 저도 좀 이해가 안 가는 부분이 많기는 해요."

"상식적으로 생각해도 그렇잖아. 애초부터 우리를 이곳으로 집어넣었을 때 그냥 전각을 폐쇄시켜 버리면 간단한 일을 왜 이렇게 복잡하게 만든 건지 모르겠다. 뭔가 다른 이유라도 있는 건가?"

관치는 아무리 생각해도 이건 뭔가 잘못됐다는 생각이 들자 연방 고개를 갸웃거렸다.

"뭐가 이상하다는 거야. 제갈가도 사람 사는 곳인데 가끔 바보 같은 짓을 할 수도 있는 거지."

"아니야. 뭔가 달라. 제갈선이 자꾸 자리를 비우는 것도 그렇고……."

관치는 제갈선이 직접 나서서 일을 처리했다면 이렇게 되지 않았을 거라며, 분명히 다른 이유가 있다고 했다.

"일단 그 부분은 차후에 고민하고, 이곳을 어떻게 빠져나갈 것인지부터 연구하는 게 어떨까요?"

거의 말이 없던 민영이 입을 열었다.

"그래야겠지."

관치는 창밖을 슬쩍 내다보며 밖의 상황을 확인했다.

"그런데 만만치는 않겠어."

전각을 완전히 둘러싸고 있는 제갈가의 무사들을 확인한 관치는 당장 방법이 떠오르지 않는다는 듯 자리에 앉아버렸다.

"미란 소저, 한 가지 궁금한 게 있습니다."

"응?"

연준하가 검을 갈무리하며 미란 곁으로 다가가더니, 그게 진짜냐는 눈빛을 날렸다.

"그거 말입니다. 흑의인들이 서책을 노렸다는 말."

"난 또 무슨 소린가 했네. 그건 나도 모르지. 그자들이 책을 노린 건지, 사람을 노린 건지 지금 상황에서는 알 방법이 없잖아."

미란은 말이 되는 소리를 하라며 고개를 흔들어버렸다.

"그러지 말고 말을 해주십시오. 정말 뭔가 있는 겁니까?"
"나도 모른다니까."

 미란은 뭔가 있으면 자신도 알아야 하지 않겠냐며 집요하게 물고 늘어지는 연준하의 모습에 짜증이 일었다.

 진설도 그 부분이 궁금했는지 민영에게 이것저것 물어보기 시작했고, 네 사람은 어느새 있다 없다를 외치며 공방을 주고받았다.

 관치는 그 모습을 물끄러미 바라보고 있다가, '아!' 하는 표정이 되더니 자리에서 일어나 전각 곳곳을 살펴보기 시작했다. 그리고는 '역시 그랬었군.' 하는 표정을 지으며 일행에게 다가가 소곤거리는 말로 뭔가 지시하기 시작했다.

제9장. 아전인수(我田引水)

아전인수(我田引水)

－제 논에 물 대기. 자기에게 유리하도록 행동하는 것

"아무리 생각해도 제갈세가에서 그렇게 바보같이 했을 거라고는 생각이 들지 않는데……."

표사 하나가 좀 이상하다는 듯 슬그머니 말문을 열었다.

"그래. 이건 확실히 좀 이상해. 어이없기도 하고. 관치 일행이 위험에 빠진 것은 사실이지만, 정작 위험했다고 보긴 어렵잖아. 그러다 보니 긴장감도 없고……."

다들 화끈한 장면을 기대했는지 뒤숭숭하게 끝나버린 전각 안의 이야기에 실망한 표정을 지었다.

"아직 제갈세가에서 빠져나온 것은 아니지 않습니까. 조금 더 들어보십시오."

"더 들어보나 마나지. 이번에도 바보 같은 짓을 하는 바람에 다들 식은 죽 먹듯 제갈세가를 떠날 게 분명해."

"설마 그러려구. 썩어도 준치라는데, 제갈세가는 머리 좋기로 유명한 가문이 아닌가."

용문진은 관치의 이야기라는 게 설마 이런 것일 줄은 생각지 못했는지 끙끙거리는 표정이 되었다. 혹시 자신이 등장했을 수도 있는 일이기 때문이다. 그리고 현재까지 관치와 붙어서 딱히 이득을 봤던 적이 없었기 때문에 자신의 등장분은 아주 미미하거나, 아니면 지금 제갈세가처럼 바보로 비춰질 수도 있었다.

'빌어먹을! 지금 이 이야기가 호북 전역에 퍼지고 있다는 뜻 아닌가!'

관치의 이야기 때문에 이런저런 고민에 빠져 있던 용문진에게 질문 하나가 날아들었다.

"종남의 검객이 보시기엔 어떻습니까? 제갈세가의 대응방식이 좀 부족해 보이지 않습니까?"

"사람 일이라는 게… 실수도 있을 수 있는 법이고… 또 그것이 꼭 바보 같은 짓이었다고 보기도 그런 것 같고……."

용문진 역시 제갈세가가 바보 같은 짓을 했다고 생각하고 있었지만, 그와 비슷한 실수를 해봤던 자신이 제갈세가를 욕했다간 누워서 침 뱉는 꼴이 될 수도 있다는 생각이 들었다.

그래서 결국 다들 욕하는 제갈세가를 혼자서 옹호하는 입장이 되어버렸고, 사람들은 그런 용문진의 태도에 재미있다는 반응을 보였다.

이번에는 진하석이 질문을 던졌다.

"그럼 다음에 어떻게 될 것 같습니까?"

"대충 들어보니 이야기꾼들이 지어낸 내용 같은데, 보통 이런 상황에서는 그들을 쫓고 있다는 흑의인들이 등장하지 않겠습니까? 관치라는 그자가 제갈곽에게 한 말도 있고, 그게 복선이 아닌가 싶습니다만."

용문진은 최대한 아무렇지도 않게 이야기를 듣고 그 안에서 유추한 것처럼 설명을 했다.

"에이, 설마… 우연치곤 너무 심한데……."

"그러게. 하지만 관치 저 친구가 이야기를 할 때면 꼭 진부한 설정이 등장하잖아. 마치 기다렸다는 듯이 말이야. 이번에도 그럴지 누가 알겠어."

"아무리 그래도 그렇지. 지금껏 코빼기도 비치지 않던 흑의인들이 갑자기 난입한다는 것은 솔직히 억지다."

"그래. 나도 이 친구 생각이 맞는 것 같아. 흑의인들은 아직 정체가 밝혀지지 않았고, 또 어디서 뭘 하고 있는지, 무슨 꿍꿍이로 미란과 민영의 뒤를 쫓는지도 알려지지 않았잖아. 거기다 사천에서 관치의 흔적을 놓치면서 바보까지 됐는데, 어느 세월에 그걸 다시 추적해서 제갈세가까지 왔겠냐고. 아니, 다 그렇다고 치자고. 흑의인들이 바보야? 미란과 민영 잡겠다고 제갈세가에 들어가게. 만약 이야기가 그렇게 흘러간다면 그건 제갈세가의 바보들하곤 비교도 안 되는 멍청이들이지. 막말로 눈앞에 보이는 것만 쫓아다니는 붕어 새끼와 다를 바가 뭐겠냔 말이지."

용문진은 흑의인들이 등장할 수도 있다는 말에 격하게 반응하는 표사들과 쟁자수들을 보며 살짝 흥분한 목소리가 되고 말았다.

"아니, 그걸 꼭 그렇게 볼 수는 없는 일 아닙니까. 만약 그런 일이 벌어진다면 뭔가 그들만의 사정이 있을 수도 있는 법이고, 또 원치 않았지만 어쩔 수 없이 그렇게 되어버렸을 수도 있다는 겁니다. 본래 세상일이라는 게 한쪽 면만 봐서는 정확히 판단을 내릴 수가 없는 법이죠. 암요."

사람들은 상기된 표정으로 흑의인들의 태도를 두둔하는 용문진의 모습에 '어라?' 하는 얼굴이 되었다. 그동안 누구도 반론을 펴지 않았던 부분을 가지고 대화에 동참한 것이다.

"그래. 솔직히 왜 그렇게 바보 같은 짓을 하게 됐는지 누가 알겠어. 사실 나도 세상을 살다 보면 뻔히 알면서도 엉뚱한 짓을 해버려 곤욕을 치르는 경우가 많다고. 난 종남과 검객의 말에 한 표 던지겠어."

"누가 실수를 안 하고 산다고 했나? 그런 실수를 하는 게 바보스럽다는 거지. 난 인정 못해!"

"나도 이해가 안 돼. 흑의인들은 보통 수십씩 몰려다니던데, 그 많은 숫자가 겨우 그 정도 생각밖에 못한다는 게 정말 용서할 수 없다고."

막사 안은 제갈세가가 바보인지, 아니면 흑의인들이 바보인지, 그것도 아니면 그들 모두가 말 못할 사정이 있는 것인지 세 패로 나뉘어져 버렸다.

"험험! 저기요!"

탁탁탁!

"여기요!"

관치는 아직 이야기도 하지 않은 걸 가지고 첨예한 대립을 보이는 사람들에게 일단 이야기라도 들어보고 싸워야 할 것 아니냐며 목청을 높였다.

"그래. 어디 한번 들어보세나. 누구 말이 옳은지는 관치 이야기를 들어보면 알겠지."

"좋아. 은자 한 냥 어떤가? 이긴 편이 다 가져가기로!"

표사들 사이의 의견 대립이 급기야는 판돈을 만드는 돈 놓고 돈 먹기 형태로 발전해버렸다.

"종남파 검객 분은 참가 안 하실 거요?"

"해, 해야지요."

용문진은 다음 사건의 전개가 어떻게 될지 뻔히 아는 상황에서 그게 얼마나 감정적이고 바보 같은 짓인지 누구보다 잘 알고 있었기에, 내기에 참여한다는 것 자체가 억울하고 답답했다. 하지만 그렇다고 그 당사자가 자신이라 이런 뻔한 내기는 못하겠다고 떠들 수도 없는 일이었다.

 결국 품 안에서 튀어나온 은자 한 냥. 평소 돈을 물 쓰듯 펑펑 쓰던 자신이지만, 이번만큼은 은자 쪼가리는커녕 구리 돈 한 냥도 무척이나 아깝다는 생각이 들었다.

"좋습니다. 그럼 시작합니다."

 관치는 갑자기 판돈이 놓이고 의견이 팽팽해지기 시작하자 더욱 신이 났는지, '관치의 기묘한 여행' 제갈세가 편을 줄줄 떠들어대기 시작했다.

◈ ◈ ◈

"계속 떠들면서 내 이야기는 조용히 듣기만 해."

 관치는 중간에 대화가 끊겨 제갈가의 사람들이 눈치 채지 않도록 소곤거리는 목소리로 말을 건넸다.

 갑자기 목소리를 줄여 말하는 관치의 행동에 네 사람은 의아한 표정을 지었지만, 계속 떠들라는 관치의 말에 하는 수 없이 있는 말 없는 말을 하며 소란을 피워야 했다.

"이 전각은 외부에서 온 사람들에게 내주는 곳이라고 했지? 다 이유가 있어서 이곳에 외부인을 들이는 거야. 조금 전에 기관이 설치된 것을 이미 보았겠지만, 사실 그것보다 더 큰 문제가 있는 걸 발견했다."

"솔직히 이야기하시죠. 책이 있는 거 아닙니까?"

"계속 그렇게 헛소리를 해대면 가만있지 않겠어."

"민영 소저, 뭔가 아는 게 없나요? 본인들은 중요한 물건인지 모르지만, 그것이 바로 보물일 수도 있잖아요."

"글쎄요. 그런 물건은 한 번도 본 적이 없는데. 만약 세가에 뭔가 중요한 물건이 있었다면 이미 그들이 가져갔겠죠."

네 사람은 관치의 요구에 계속 말을 주고받으며, 귀는 관치가 하는 말에 집중했다.

"우리가 하는 말이 이 전각 어딘가로 흘러들어가고 있다. 벽은 물론이고, 천장과 기둥 사이에도 구멍이 있어. 환기를 위해 만들어놓은 것 같지만, 그런 용도라면 지금 있는 창문으로도 충분해. 저들이 바보 같은 행동을 한 것에 뭔가 이유가 있지 않을까 했는데 이제야 그 의문이 풀렸어."

"연준하, 닥치라고 했지. 네가 계속 그런 식으로 욕심을 부리니까 언제나 문제가 터지는 거야!"

"뭐요? 솔직히 민영 소저의 고모님이라는 것 때문에 예의를 갖추곤 있지만, 정작 나이도 나보다 어리지 않소. 말 좀 가려서 하시오!"

"너 이 자식! 말 다 했어?"

"말 다 했소! 왜! 때리기라도 할 것이오?"

"좋아. 잘하고 있어. 계속 그렇게 싸우는 척하면서 내 말을 들어. 예상이긴 하지만, 이들이 노리는 것은 확실히 흑의인들이 원하는 그것과 같은 것일 확률이 높아. 우리가 궁지에 몰려 있다고 만들며 자연스럽게 정보를 캘 생각으로 이런 상황을 만들어놓은 거야. 모두 이해가 되지?"

관치의 말에 진설과 민영은 고개를 끄덕이며 다음 말을 기다렸지만, 연준하와 당미란은 그런 것에 관심도 없다는 듯 더욱 언성이 높아졌다.

"내가 민영 소저와 혼인을 하게 되면 당연히 그땐 고모님이라고 불러드리지. 하지만 더 이상은 안 돼. 아무리 나를 도와준다고 했어도 이건 너무하잖아!"

"이 자식이 아주 막장이네! 야, 나야말로 너 같은 자식 돕고 싶은 생각 없거든! 어디서 감히 민영을 넘봐?"

"고모, 그게 무슨 소리죠? 나와 연 공자를 이어주기로 했었다니!"

"민영 소저, 글쎄 말입니다. 민영 소저가 관치 저자에게 관심을 보이자 그것을 막아보고자 나를 밀어주기로 했다는 것 아닙니까. 그런데 이제 와서 내가 행실을 똑바로 못하느니, 그렇게 능력이 없느니 하면서 사람을 바보 취급하지 않습니까."

"내가 언제 너를 밀어준다고 했어! 네가 능력이 되면 알아서 하면 된다고 했지!"

"어쭈! 이젠 거짓말까지 하네. 왜요? 조카와 연적이 되니 눈치가 보입니까?"

"잠깐만요. 그게 무슨 소리죠? 미란 소저와 민영 소저가 연적이라니. 설마 관치 오라버니를 두고 하는 말은 아니겠죠?"

"왜 아니겠습니까. 한창 팔팔한 처녀들이 중늙은이에게 미쳐서 아주 가관입니다."

"오라버니, 이게 무슨 말이죠? 두 사람은 그저 의뢰인이고, 아무런 연관도 없다고 하지 않았나요?"

묵진설은 솔직히 말하라며 관치를 노려봤다.

"이봐, 당사자인 나는 아무 관심도 없는데, 왜 너희들까지 이 난리야? 그리고 지금 이 상황에 꼭 그런 이야기를 꺼내서 싸워야겠어? 다들 정신 좀 차리라고!"

결국엔 관치도 언성을 높여 버렸다.

"말 안 하게 됐어요? 죽은 줄 알았던 정혼자가 불쑥 나타나더니, 정작 챙겨야 할 사람은 모른 척하고 어린애들과 놀아나요? 정말 그런 거예요?"

"진설, 말이 심하잖아. 어린애들과 놀아나다니!"

관치는 못하는 소리가 없다며 인상을 썼다.

"아니, 내가 어딜 봐서 어리다는 거죠? 보통의 여자들 같았으면 적어도 애가 두셋은 됐을 나이예요! 각주님이야말로 나이만 먹고 신경질만 늘다 보니 남자가 싫어하는 거 아닌가요?"

"뭐, 뭐야?"

묵진설은 자신에게 늙었다고 선언해버리는 미란의 말에 눈에 불이 확 들어왔다.

"끼리끼리 잘들 논다. 내가 이럴 줄 알았어."

미란과 민영, 그리고 진설의 진흙탕 싸움을 지켜보던 연준하가 탁자에 걸터앉더니 '웃기고 있다.'는 표정을 지었다.

"연준하, 너는 생각이 있는 놈이냐? 때와 장소를 봐가면서 일을 키워야지. 도대체 어떤 생각 없는 놈들이 너에게 검협이란 이름을 붙여 줬는지 정말 한심하다, 한심해."

"뭐야? 객잔 뒤뜰에서 장작이나 패던 놈이 좀 살 만하니 뵈는 게 없냐? 나 연준하야! 화산검협 연준하!"

"이걸 어떻게 봐야 하는 건지……."

제갈진무는 다섯 사람의 대화를 훔쳐 듣다가 도무지 감당을 못하겠다는 듯 아버지 제갈선을 바라보았다.

"음… 겉보기엔 다들 멀쩡해 보였는데, 이래선 아무것도 얻어낼 수가 없겠구나."

"며칠 정도 여유를 두고 지켜보면 어떻겠습니까?"

"시간을 끈다고 해서 뭔가 토해낼 놈들이 아니다. 거기다 저 관치라는 자, 어딘가 껄끄러운 느낌이 들어."

"화월각주의 호위라는 자 말입니까?"

"그렇지. 지금 저들의 대화상으론 화월각주의 정혼자지."

"그게 더 이상합니다. 화월각주 정도면 어지간한 명함 가지곤 관심도 받기 어려울 정도로 콧대가 센 여자 아닙니까. 아무래도 좀 이상합니다. 혹시 모든 걸 짜고서……."

"아니, 그 정도로 여유가 있는 상황은 아니었다. 일단 저 관치라는 자를 주시해라. 현재 상태만 본다면 그가 이 일행의 선임인 것 같으니."

"네, 알겠습니다."

"곽이 넌 어떻게 할 것이냐? 정말 연준하와 손을 섞어볼 생각이냐?"

"당연하죠. 지금은 화산이 성세를 높이고 있지만, 언젠간 넘어야 할 산. 기회가 있을 때 그들의 검을 확인해놓는 것도 나쁘지 않다고 생각합니다."

"좋다. 그 부분은 너에게 일임하도록 하지."

"그리고……."

"아직 할 말이 남은 것이냐?"

"저 관치라는 자 말입니다."

"그래, 뭐 이상한 점이라도 발견한 것이냐?"

"그 반대여서 신경이 쓰입니다."

"반대라니?"

제갈선은 무슨 소린지 모르겠다며 고개를 갸웃거렸다.

"행동이나 어투는 형님 말씀대로 저 역시 만만한 자가 아니라고 느끼고 있습니다. 문제는 무력입니다."

"무력이 문제라?"

"도무지 실력을 알아볼 수가 없습니다. 아니, 무공을 익히지 않은 사람처럼 보여서 더 문제입니다."

"외공을 전문적으로 익혀 그리 보일 수도 있지 않느냐."

"아닙니다. 외공도 일정 수준에 올라서면 자연스럽게 신체에 내력이 쌓이게 됩니다. 하지만……."

"저 관치라는 자는 그런 흔적을 발견할 수 없다는 것이군."

"그렇습니다. 하지만 흔적을 발견할 수 없을 뿐이지, 여전히 저자의 곁에 다가가면 육감적으로 위험하다는 느낌이 드니 문제라는 겁니다."

"극강에 이른 네 눈을 속일 정도가 되려면 최소한 종사에 올라 초극의 경지를 얻어야 한다. 설마 저자가 그런 경지에 올랐다고 말하려는 건 아니겠지?"

제갈선은 아무리 후하게 쳐준다 해도 그것은 불가능한 일이지 않느냐며 제갈곽의 불안감을 일소하려 했다.

"제 나이 육십에 겨우 근종을 얻었습니다. 그런데 저자가 아무리 천재적인 재주를 가졌다 해도 마흔 초반에 제 이상을 넘을 수는 없는 일입니다. 그것은 이미 정설이 되었지 않습니까."

"그렇지. 깨달음을 얻는다 해도 그에 상응한 내공이 뒷받침되지 않으면 오히려 주화입마에 빠져들 확률이 높지."

제갈선 역시 잘 알고 있는 부분이라며 고개를 끄덕였다.

"화산의 검을 확인해볼 때 저자도 한번 확인해봐야겠습니다."

"그럴 필요가 있을까? 내가 보기엔 머리를 쓰는 종류의 인간이던데."

"아닙니다. 결실의 단계에 머물러 있을 땐 잘 몰랐지만, 근종에 오른 뒤론 길 가던 행인을 보면서도 그들의 기질이 느껴질 정도로 모든 게 바뀌었습니다."

"근종이 그 정도의 경지란 말이냐."

결실 막바지에서 정체가 되어버린 제갈선은 동생의 말에 놀라운 표정을 지었다.

"그런데 저 관치라는 자는 아닙니다. 그래서 확인을 해야 합니다. 어쩌면 저자를 통해 다음 단계로 올라설 수 있는 또 다른 길을 찾게 될지도 모르겠습니다."

"음……."

제갈선은 은연중 관치에게 집착을 보이는 동생의 모습에 이해하기 어렵다는 반응을 보이면서도, 결국엔 연준하와 관치의 처리 권한을 넘겨줘 버렸다. 어차피 자신이 필요한 것은 미란과 민영, 그리고 화월각주가 호북에 가지고 있는 객점들의 관리권이었다.

관치는 물론이고 나머지 네 사람 역시 여독에 절어 있다가 함정에 빠져 엄청난 긴장감에 시달린 상태였는데, 당장 상관도 없는 일로 다시 힘을 뺐더니 파죽이 되어버렸다.

관치는 헉헉거리며 주저앉은 일행들에게 아주 잘했다는 듯 말을 건네기 시작했다.

"미란, 아주 잘했어. 연기를 아주 잘하던데."

"연준하, 너도 이제 눈치가 생겨서 다행이다. 앞으로도 잘 좀 부탁한다."

"민영, 평소에도, 긴급한 상황에도 변함없이 침착해서 다행이다."

"진설, 확실히 정보 단체의 수장다워. 눈치가 백단이야."

네 사람은 관치의 다독거리는 속삭임에 황당한 표정을 지었지만, 더 이상 떠들 힘도 남아 있지 않아 그대로 누워버렸다. 하지만 다시 체력이 보강되면 이대로 물러서지 않을 것이라는 다짐도 톡톡히 하는 네 사람이었다.

◎ ◎ ◎

"제갈세가로 들어갔다고?"

"네, 그렇습니다."

"매복이 있다는 것 같던데, 그건 어떻게 됐지?"

"이유는 알 수 없지만 곧바로 철수해버렸습니다."

용문진은 제갈세가의 갑작스런 행동을 어떻게 받아들여야 할지 판단이 서질 않았다.

"혹시 당미란이 제갈세가에게 도움을 청한 게 아닐까? 저들이 매복을 하고 있다가 당미란 일행이 안으로 들어간 다음 바로 철수한 것을 보면, 그 외에는 딱히 설명할 방법이 없을 것 같은데."

용문진은 혹시 다른 의견이 있냐는 듯 지효원을 바라보았다.

"저도 그 외엔……."

지효원 역시 지금 상황에서는 당미란이 제갈세가와 손을 잡았다고밖에는 볼 수 없다고 했다. 물론 자신들이 원하는 물건을 가지고 흥정을 했겠지만 말이다.

"좋아. 일단 제갈세가를 살펴보도록 하지. 안에서 무슨 일이 벌어지고 있는지 확인하면 알 수 있겠지."

"존명!"

소가장과 한림서원에 대한 공격이 성공하긴 했지만, 사형들 역시 큰 피해를 입으면서 기존 정책에 변화가 생겼다. 그동안은 자신이나 사형들 모두 직접적인 노출이 되지 않도록 활동을 해야 했지만, 계속해서 무림선봉대에 결원이 생겨나자 더 이상의 인원 손실을 줄이기 위해 세 사람이 전면에 나서서 활동하는 게 허락이 된 것이다.

물론 직접적인 활동이 허락되었다 해도 정복문 자체를 드러내놓고 움직이는 것은 아직 불문이었다.

"그래도 뒷방 늙은이처럼 구경만 하는 것보다는 확실히

좋군."

 용문진은 지효원과 함께 제갈세가로 향하는 동안 만면에 웃음을 보였다. 조금이라도 공을 더 많이 세워야 자신의 입지가 확실해질 수 있는 만큼 한시도 낭비해서는 안 되는 상황이었다. 두 사형도 지금쯤 각자 독립적인 활동을 펼치며 정복문이 중원에 정식으로 개파할 때까지 최대한 많은 공을 세우려 혈안이 되어 있을 것이다.

"선발대를 보내라. 적과 조우는 금지하고 정보만 취득한다."

"알겠습니다."

 제갈세가 근처에 도착한 용문진은 일단 정보를 모으기 위해 잠시 대기 시간을 가졌다.

 제갈세가에 숨어들었던 세작들은 반 시진도 되기 전에 모두 무사히 귀환했고, 안에서 벌어지고 있는 일에 대해 확인한 것을 보고하기 시작했다.

"당미란 일행은 제갈세가의 귀빈들이 묵는 전각에 있습니다. 그리고 전각 주변으로 제갈세가의 무사들이 겹겹이 포진한 채 도열해 있는 상태입니다."

"제갈 놈들이 결국 당미란과 손을 잡은 모양이군."

"현재로서는 그렇게 보입니다."

"좋아. 당문을 쳤듯이 제갈세가도 지워버린다."

 용문진은 거칠 게 없다는 듯 바로 결정을 내렸다.

"한 번 더 생각해주시면 안 되겠습니까? 당문은 전면적으로 기습이었지만, 제갈세가는 이미 대처를 하고 있는 상태입니다. 그리고 다른 세가와 달리 제갈세가는 구조 자체가 팔괘에 입각해 설계되어……."

"그만. 언제부터 우리 용가(龍家)가 이렇게 나약해진 거지?"

"……."

"막아서는 것은 부숴버리면 그만이다. 준비해라."

"그렇다면 어두워진 후에 공격하면 어떻겠습니까. 지금은 조금이라도 피해를 줄이면서 나가는 편이 좋지 않겠습니까?"

"해가 질 때까지 얼마나 남았지?"

"한 시진만 기다리면 될 것입니다."

"좋아. 그 정도는 네 의견을 따라줘야지. 그때까지 만반의 준비를 해라."

"존명!"

지효원은 최근 관치라는 자 때문에 어이없는 피해를 입고, 망신을 당하다 보니 주군의 성격이 격해진 상태임을 잘 알고 있었다. 그러나 이런 일은 감정적으로 대처하는 것보다 하나하나 검증을 거쳐 공략을 해가는 것이 더 확실하고, 안전한 방법이었기에 이번 공격을 반대한 것이다.

'밤까지 시간을 번 것으로 만족해야 하는가.'

마음 같아서는 새벽까지 기다렸다가 단번에 치고 빠지는 방법을 택하고 싶었지만, 그런 이야기를 꺼냈다간 당장에 불호령이 떨어질 것이 분명했다.

당문을 칠 때 밝은 대낮에 일을 벌인 것도 모든 게 당당해야 한다는 용문진의 생각 때문이었다.

지효원의 입장에서는 낮이든 밤이든 기습이라는 공격 자체가 당당하지 못하다 생각했지만, 용문진은 이상하게 밤보다 낮을 선호했다. 그나마 일전에 관치에게 당한 부분이 있어서 자신의 말을 받아들였지, 그런 일조차 없었다면 도착과 동시에 문을 박차고 들어갔을 게 분명했다.

"아직도 그대로 있느냐?"
"네, 조용합니다. 간간이 코를 고는 소리도 들리는 걸로 봐선……"
"잠을 자고 있다?"
"그렇게 생각됩니다."

제갈선은 사방이 포위된 상황에 코까지 골며 잠이 들었다는 말에 어이없는 표정을 지었다.

"도대체 무슨 생각을 하는지 모르겠군. 진무야."
"네, 아버님."
"미란과 민영을 너에게 주마."
"네? 하지만 저는 이미……"

제갈진무는 이미 마흔에 가까운 나이인 데다, 10살배기 딸까지 두고 있는 유부남이었다. 평소 여색을 탐했다면 모를까, 딱히 그런 성격도 아니었기 때문에 제갈선의 말은 아무리 가주의 말이라 해도 받아들이기가 쉽지 않았다.

"네 여자로 만들어 그들이 가진 것을 모두 빼앗아라."

"아버님, 그런 방법이라면 저보다는 진공이 낫지 않겠습니까. 저는 그런 쪽으로는 재능이 약해……."

"언제까지 네 안사람에게 쥐어서 살 것이냐. 조만간 가문을 이끌어갈 사람이 여인의 치마폭에 싸여 꼼짝을 못하니 하는 소리가 아니냐. 이렇게 해서라도 네 안사람의 기를 죽여 놓을 필요가 있다. 알아들었느냐?"

"아… 알겠습니다."

진무는 미란과 민영을 첩으로 들이는 순간 자신의 얼굴에 날아들 마누라의 주먹이 벌써부터 걱정되기 시작했다. 그러나 아버지 제갈선의 말처럼 가문을 이끄는 위치에 올라서도 마누라 말에 휘둘릴 수도 없는 일이었다.

'그래. 이번 기회에 바꿔보자. 거기다 둘 다 미녀가 아니던가.'

제갈진무는 막상 어쩔 수 없다는 생각에 둘을 받아들일 결심을 하자, 오히려 정신이 맑아지는 느낌을 받았다.

자신이 아직 젊은 나이라곤 하지만, 미란과 민영은 자신과 십수 년 이상 차이가 나는 여인들이 아니던가.

어쩌면 이번 기회에 죽어버렸던 남성을 복원시킬 수 있을지도 모른다는 생각까지 들었다.
"아무래도 놈들의 입에서 정보를 얻기는 틀린 것 같다. 그렇게 잠이 자고 싶다면 이번 기회에 확실히 재워주도록 하지. 수면향을 넣어라."
"알겠습니다."

 잠이 든 척하고는 있었지만, 여전히 신경을 곤두세우고 있던 관치는 뭔가 새어들어오는 소리가 나자 곧바로 눈을 뜨고 일어났다.
"독이나 마비산이 들어오는 것 같다. 모두 호흡을 관리해!"
 관치는 일행들에게 경고하면서 천장에서 흘러나오는 뿌연 연기를 가리켰다.
"창문 쪽으로 가! 환기를 시켜야 해!"

"역시 잠든 척하고 있었던 것이었군. 하지만 그런 꼼수를 부리는 것도 이번이 마지막이 될 것이다."
 수면향을 집어넣고 상황을 살피고 있던 제갈진무는 잠시 뒤 미란과 민영을 품을 생각에 은근히 들뜬 마음이 되었다.
 처음에는 나이 차이도 많고 불편할 수도 있다고 생각했지만, 남들은 하지 못해 안달인 것을 왜 자신은 망설였는지 이해가 되지 않을 정도였다.

"기다려라. 이 오라버니가 너희를 책임져 주마. 어차피 오갈 데 없는 부평초 같은 처지에 제갈세가의 차기 가주와 맺어진다는 것은 쉬운 일이 아니지."

"발각이 된 것 같습니다."

세 갈래로 나누어 어두운 길만 찾아 제갈세가에 숨어든 용문진과 부하들은, 갑자기 부산해지는 무사들의 모습에 다른 쪽 길로 갔던 부하들이 발각됐다고 생각했다.

"별수 없지. 속전속결로 처리한다. 당미란과 당민영을 손에 넣으면 바로 물러난다."

"존명!"

발각이 된 이상 제갈세가 놈들이 방비를 높이기 전에 치고 나가야 한다고 생각한 용문진과 그의 부하들은 관치 일행이 감금돼 있는 전각 쪽으로 몸을 날렸다.

"기습이다! 적이 들어왔다!"

한창 미란과 민영을 상상하며 꿈에 젖어 있던 제갈진무는 갑작스런 비명 소리와 외침에 정신이 번쩍 들었다.

"무슨 일이냐? 누가 공격을 한 것이냐!"

진무는 혹시 하는 불안감을 느끼며 청취실을 나와 밖으로 달려 나갔다. 이 시간에, 그것도 제갈세가를 공격한 단체나

무리는 무림에 존재하지 않았다.

'만에 하나 관치란 자의 말이 사실이라면……'

제갈진무는 그럴 리 없다고 생각하면서도, 관치가 잡혀 있는 전각 쪽에서 비명 소리가 터져 나오자 심장이 털컥 내려앉는 기분이 들었다. 당문을 멸망시켰던, 그것도 순식간에 멸망시켜 버렸던 바로 그자들이 나타난 것이다.

전각 앞까지 뛰어간 제갈진무는 무작정 막아서고 있는 무사들을 독려하기 시작했다.

"버텨 내야 한다! 곧 지원이 올 것이니 그때까지 버텨야 한다!"

장로들과 한참 의견을 나누고 있던 제갈선 역시 소식을 전해들었고, 막 마지막 저지선이 붕괴되려는 순간 세가의 장로들과 함께 전각 앞에 나타났다.

"웬 놈들이냐!"

제갈선은 내공을 실어 호통을 쳤지만, 흑의인들은 누가 왔건 관심이 없다는 듯 전각으로 들어가기 위해 모든 힘을 쏟아 붓고 있었다.

"아버님, 저들의 가슴에 수(孈) 자가 적혀 있습니다. 미란이 말했던, 당문을 멸망시켰던 바로 그자들입니다."

"흥! 간이 배 밖으로 나온 자들이로다! 감히 제갈세가에 검을 들이대다니! 제자들은 진을 발동시키고, 현지는 진을 운용해라! 곽이 너는 저들 중 우두머리로 보이는 자를 잡아들여라! 제갈세가에 들어온 것을 대대손손 후회하게 만들어줄 것이다!"

제10장. 오월동주(吳越同舟)

오월동주(吳越同舟)

─사이가 좋지 못한 사람끼리도 자기의 이익을 위해서는 행동을 같이한다.

"진짜 왔네."

흑의인들이 오는 바람에 일이 엉킬 수도 있다는 용문진의 말이 사실로 증명되자, 용문진 쪽을 지지했던 사람들을 제외하곤 모두 신기하다는 표정을 지었다.

용문진은 그들의 시선이 마치 '그걸 어떻게 알았데? 이야기도 별로 안 들은 사람이. 뭔가 수상하지 않아?' 등의 눈빛으로 보였다.

"왜 그렇게 바라보는 것이오? 말하지 않았소. 대부분 이런 이야기는 이 구조에서 벗어나기가 어렵다고."

"물론 종남 검객님의 말을 부정하자는 건 아닙니다. 단지 너무 공교롭다는 정도?"

"공교롭기는……."

용문진은 당치도 않다며 고개를 저어버렸다.

그때, 표사들과 용문진의 대화를 조용히 지켜보고 있던 진하석이 다시 질문을 던졌다.

"정말 소관치를 모르는 게 맞소?"

"아니, 내가 아는 걸 모른다고 한단 말이오? 당신이 아무리 표두라 해도 그것은 어디까지나 표국에서나 통용되는 것이오. 감히 종남파를 무시하겠다는 것이오?"

"설마요. 그럴 리가 있겠습니까. 하지만 우리 표사들의 말처럼 너무 공교로운 부분이 있어서 말입니다."

"도대체 뭐가 공교롭다고 그러는지 모르겠군."

"이야기 속에 등장하는 흑의인들의 대장 말입니다. 그 사람의 이름과 종남 검객의 이름이 용문진이지 않습니까."

"허허! 이름이야 같은 사람이 얼마든지 있을 수도 있지 않소. 아니면 저 사람이 내 이름을 듣고 그렇게 이름을 지었거나."

용문진은 말도 안 되는 소리를 한다며 딱 잡아뗐다.

"아닙니다. 그건 아니에요. 사실 이제야 기억이 난 건데, 용문진이란 이름은 종남 검객 용문진이 이곳에 오기 전에 이미 몇 차례 나왔었소. 그래서 더더욱 신기하다는 거요."

용문진은 자신이 처음 나타났을 때부터 계속 추궁만 해대는 진하석의 태도에 짜증스런 표정을 지었다.

"너무하는 것 아니오? 내가 무엇 때문에 아닌 걸 맞다고 하고, 맞는 걸 틀렸다 한단 말이오. 본래 세상일이라는 게 예상치 못한 장소에서 황당한 일을 만나 억울한 처지가 되는 거라곤 하지만, 지금 진 표두가 하는 말은 심히 불쾌하기 그지없소."

"이런, 불쾌했다면 정말 미안합니다. 하지만 오늘따라 예상치 못한 장소에서 황당한 일을 만나 억울한 처지가 되는 사람들을 여럿 보다 보니……."

용문진은 조금이라도 시간을 아껴 보고자 몸소 정찰을 나온 상태였다. 그런데 하필이면 그 순간 자존심 상하는 대목이 이야기되는 바람에 평소보다 감정적이 된 것이 실수였다.

"아무튼 본인이 아니라고 하니 저도 더 할 말은 없습니다만, 이야기 속의 용문진이 상당히 감정적이고 바보스러운 자라는 것 정도는 확인이 된 것 같습니다. 종남의 검객 용문진 님은 어찌 생각하시는지?"

"아직 이야기는 끝나지 않았소. 끝까지 가봐야 아는 것 아니오?"

"아, 그렇군요. 좋습니다. 그럼 일단 끝까지 가보도록 하죠. 그런데 내기의 판돈을 좀 더 올리는 것이 어떻겠습니까? 뭐, 어차피 결과야 다수의 의견을 따르면 되는 것이니 말입니다."

"내가 왜 그런 짓을……."

용문진은 그런 엉터리 내기는 더 이상 할 수 없다고 말하려 했지만, '역시 당신도 이야기 속의 용문진이 바보 같다는 것을 인정하는 거지?'라는 눈빛으로 진하석이 바라보자 더 이상 입이 떨어지지 않았다. 스스로 바보 같다고 어찌 인정을 한단 말인가. 이건 자존심 문제였다.

"좋소! 올려 봅시다! 얼마를 원하시오?"

"은자 열 냥 정도면 적당할 것 같은데. 뭐, 무리가 따른다면 낮춰서 참여해도 문제는 없소."

"흥! 그깟 열 냥 정도가 대수요? 아예 은자 백 냥을 거는 것은 어떻겠소?"

"이런, 은자 백 냥은 상당한 거금인데, 그런 돈을 가지고 다닌단 말이오?"

진하석은 믿을 수 없다는 눈빛으로 용문진을 바라보았다.

용문진은 그렇지 않아도 관치의 이야기 속에서 바보 취급을 받아 열이 받은 판에, 은근히 거지 취급까지 해대자 열불이 솟구쳤다.

"천하전장에서 발행한 것이오! 확인해보시오!"

진하석은 용문진이 넘겨준 전표를 확인하더니 고개를 끄덕였다.

"좋습니다. 은자 백 냥에 한번 해봅시다."

진하석은 다른 사람이 나타났을 때와는 달리 이상하게도

용문진에겐 집요한 구석을 보였다. 한 번 두 번 당하다 보니 새로이 나타나는 사람들은 일단 의심하고 보는 것인지, 아니면 관치나 연준하처럼 누군가의 부탁을 받고 이야기하려고 나타난 것인지 확인하고 싶어 하는 것 같았다.

◎　　◎　　◎

 제갈현지가 검진을 조율하고 흑의인들을 압박하기 시작하자, 지효원은 개개로 공방을 주고받던 방법을 포기하고 곧바로 물러섰다. 제갈세가에 제갈현지가 있다면 정복문 용가(龍家)에는 지효원이 있었던 것이다. 두 사람 모두 사람을 부리고 운용하는 데 일가견이 있었기에, 제갈현지가 진법을 가동하며 검진을 발동하자 지효원은 바로 공격을 멈춰버린 것이다.
"저들 중에 진법을 아는 자가 있어요."
 현지는 제갈곽에게 그를 찾아내 제거해줄 것을 요청했다. 현재 제갈세가에서 흑의인들 사이를 헤집고 다닐 수 있는 사람은 오직 제갈곽밖에는 없었기 때문이다.
"알았다. 내 그놈을 잡아다 네 앞에 무릎을 꿇게 해주지."
 제갈곽은 아무것도 아니라는 듯 바로 몸을 날렸다.
 지효원 뒤에서 상황을 지켜보고 있던 용문진은 제갈곽이 모습을 나타내자 눈동자를 반짝였다. 그동안 자신의 능력을

오월동주(吳越同舟) • 257

발휘해볼 곳이 없어 몸이 근질거리던 차에 적당한 인물이 모습을 나타낸 것이다.

"호! 제갈세가에도 이런 자가 있었던가?"

용문진은 지효원을 향해 달려오는 제갈곽을 유심히 지켜보더니 손가락을 들어올렸다.

스스슷!

미세한 마찰음과 함께 용문진의 손에서 발사된 지풍이 제갈곽을 향해 일직선으로 날아갔다.

진을 운용하고 흑의인들을 조종하고 있는 자가 지효원임을 알아챈 제갈곽은 단숨에 쓰러트릴 생각으로 몸을 날렸다가, 전신이 쭈뼛거릴 정도로 매서운 경기가 자신을 엄습해 오자 그대로 몸을 숙여 바닥을 뒹굴었다. 달려가던 힘 때문에 몸을 빼기가 어려웠던 것이다.

근종에 오른 극강의 고수가 철판교의 수법을 쓰는 것도 창피해 얼굴을 못 들 판에 아예 바닥을 굴러버렸으니, 제갈곽의 얼굴은 일그러질 대로 일그러져 분노가 철철 넘쳐흘렀다.

"어느 놈이냐! 숨어서 암습이나 날리지 말고 모습을 드러내라!"

제갈곽은 흑의인들을 향해 일갈을 내지르다가, 아직 서른도 되지 않았을 정도로 젊은 놈 하나가 팔짱을 끼고 자신을 향해 웃음을 보이는 것을 발견했다.

"설마······."

 그는 자신을 뒹굴게 만들 정도로 무서운 지풍을 날린 자라면 최소한 자신과 비슷한 연배이거나 그 이상일 거라 생각했었다. 그런데 이마에 피도 마르지 않은 젊은 놈이 그 범인이라는 것을 알게 되자 믿을 수 없다는 표정을 지었다.

 "설마가 맞을걸."

 용문진은 부하들을 뒤로 빼면서 곧장 앞으로 걸어 나왔다. 제갈가의 무사 하나가 무방비 상태로 걸어오는 그를 발견하고 거침없이 검을 휘둘렀다.

 "안 돼! 물러서거라!"

 제갈곽은 제자들의 능력으로는 상대할 수 없는 강자임을 직시했기에 바로 물러서라고 명령을 내렸지만, 용문진의 손짓이 더욱 빨랐다.

 검을 내려치는 상대를 향해 손가락을 들어 내리긋는 시늉을 한 용문진.

 그 손짓으로 인해 벌어진 결과는 침혹 그 자체였다. 검을 든 팔은 물론이고, 어깨에서 반대편 허리 부분까지 그대로 쩍 갈라져 버린 무사는 잠시 멈칫거리더니 화산이 폭발하듯 단번에 피를 뿜어내며 절명해버렸다.

 쏴아아아!

 고함과 병장기 소리가 난무하던 전각 앞에 싸늘한 정적이 내려앉았다. 뭘 어떻게 했는지 파악도 되지 않는 고수가 모

오월동주(吳越同舟) • 259

습을 드러낸 것이다.

"거기, 영감."

무사의 죽음에 참담한 표정을 짓고 있는 제갈곽을 향해 용문진의 시선이 고정됐다.

"놈! 네놈은 무인의 도리도 모른단 말이냐!"

"무인의 도리? 하하하하하! 웃기는 소리 하고 있네. 이봐, 영감탱이, 사람은 말이야… 늙어 죽든, 굶어 죽든, 칼 맞아 죽든, 벼락을 맞아 죽든 죽는다는 명제엔 변함이 없는 거야. 세상에 고상한 죽음이란 존재하지 않는단 말이지. 어설픈 칼질로 고통을 주며 죽이는 것보다, 나처럼 어떻게 죽은지도 모르게 죽여 버리는 게 더 도리를 지키는 게 아닐까? 단순히 피가 난무하고, 살육이 흩어지는 외관만 보지 말고 말이야."

"……"

생긴 건 멀쩡한 자의 입에서 살벌한 말들이 아무렇지도 않게 쏟아져 나오자, 제갈가의 사람들은 한동안 말문이 막혀 버렸다. 어찌 인간이 저리도 잔인하단 말인가.

"여기 제갈세가는 좀 다를 줄 알았더니 똑같네. 스스로 무림에 몸담았고 수많은 특권을 누렸을 땐 자신도 다른 이들의 손에 언제든 죽을 수 있다는 것 정도는 알고 있었을 것 아냐. 단지 그게 바로 오늘이어서 다들 아쉬운 것 같지만."

용문진은 다시 손을 들어 이번엔 검진을 운용하고 있던 현지를 가리켰다.

 현지는 용문진의 손가락이 자신을 가리키는 순간 다리에 힘이 풀리면서 주춤주춤 물러서버렸다. 그의 손짓이 얼마나 무시무시한 결과를 가져오는지 이미 확인한 이상, 어떤 방법을 쓴다고 해도 그것을 막을 방법이 없다는 걸 깨달았기 때문이다.

 "예쁘장하게 생기긴 했다만 이마에 사기가 많이 몰려 성깔은 더럽겠구나."

 현지는 용문진의 말에 몸을 부르르 떨었다. 죽음이 눈앞에 왔다는 생각이 든 것이다.

 "놈! 나와 함께 겨루어보자!"

 무사의 끔찍한 죽음과 용문진의 냉담한 말에 한동안 말문이 막혀 있던 제갈곽이 더 이상의 살인은 용서치 않겠다는 듯 그대로 몸을 날렸다.

 용문진은 자신을 향해 날아오는 제갈곽을 바라보며 비릿한 미소를 지어 보였다.

 "늙은이가 학습 능력이 바닥이로군."

 용문진이 지력을 쏠 때마다 흘러나오는 스산한 소리가 제갈곽의 귓가에 천둥처럼 울려 퍼졌고, 그 순간 제갈곽의 주먹에 푸른 기운이 넘실거리더니 정면으로 정권을 내뻗었다.

 "칠상권!"

 공동파의 비전절기로 한때 실전되었다 알려진 칠상권이

제갈세가에서 다시 그 모습을 드러냈다.

주먹질 한 번에 7개의 상을 만들어낸다는 칠상권은 과거 암살권으로 불릴 정도로 한 시대를 풍미했던 내가중수권이었다. 겉은 멀쩡하지만 속은 완전히 가루로 만들어버리는 그 권법이 제갈곽의 주먹에서 펼쳐진 것이다.

언제나 웃음을 잃지 않고 있던 용문진 역시 이번엔 장난이 아니라 생각했는지 양손에서 무려 10개의 지풍이 다시 쏟아져 나왔다.

스스스스슷!

무영무색의 지풍과 엷은 황금색에서 청색으로 퍼져 나가는 칠상권의 권기가 허공에서 연속적으로 충돌을 일으켰다.

쿠쿠쿠쿠쿠쿵!

칠상권의 강력한 힘이 지풍의 힘을 모조리 상쇄시켜 버리고도 하나의 잔상이 더 남아 용문진의 가슴팍으로 날아들었다.

"호금종(護金鐘)!"

용문진은 미처 피할 겨를이 없었는지 호신기공을 일으키며 제갈곽의 칠상권을 정면으로 받아냈다.

둥!

마치 쇠북을 두드리는 것처럼 묘한 울림과 진동이 용문진을 중심으로 퍼져 나갔다.

푸른색을 띠던 칠상권의 잔영과 은은하게 울려 퍼지는 금빛의 진동.

 두 사람의 대결을 지켜보고 있던 사람들은 황홀한 장면이라도 보는 것처럼 자신들도 모르게 한 걸음씩 앞으로 다가갔다.

"물러서라! 후폭풍이 몰려온다!"

 지효원은 용문진의 무공 중에 가장 극날하고 대책 없는 무공이 바로 호금종임을 알고 있었기에, 금빛 파동이 느릿하게 물결치는 순간 부하들을 이끌고 20장 이상 거리를 벌렸다.

 제갈세가 역시 지효원과 흑의인들이 급히 뒤로 물러서자 뭔가 잘못됐음을 깨달았지만, 이미 금빛 파동이 코앞까지 밀려든 상황이었다.

"피해라! 어서!"

 제갈선은 용문진의 몸에서 흘러나온 금빛 물결이 외관상 아름다워 보이지만 그 파동의 끝은 엄청난 속도로 떨림을 일으키고 있음을 확인한 것이다.

 마치 내공이 가득 실린 면도(蛔刀)가 떨림을 일으켜 모든 것을 잘라버리는 것처럼, 용문진의 몸에서 시작된 금빛 파동은 3장 정도를 느리게 흘러나오자 폭발적인 속도로 10여 장 공간을 장악해버렸다.

 지효원과 흑의인들은 폭발에 휘말리지 않고 이미 거리를 벌린 상태였지만, 뒤늦게 물러나기 시작한 제갈세가의 무인들은 그 여파에서 벗어나지 못하고 무려 12명의 무사들이 생선을 내려치듯 반듯하게 두 동강이 나버렸다.

제갈곽은 설마 용문진의 호신기공이 단지 방어를 위한 게 아니라, 무공이었을 줄을 생각지 못했기에 당황한 기색을 보였다. 처음엔 반응을 상쇄하기 위해 나타난 현상이라 생각했지만 순간적으로 공간을 장악하며 주변을 쓸어버릴 줄은 상상도 못했다. 제자들을 구하려 했던 자신의 행동이 오히려 상대에게 좋은 빌미를 만들어준 꼴이 되고 말았으니 제갈곽의 마음은 갈가리 찢어지는 것 같았다.

"어떻게… 이런 일이……. 어찌 이리 잔인한 무공을!"

"영감, 자꾸 이상한 소리를 할 거요? 몸 안의 내장이란 내장은 모조리 부숴버리는 칠상권이 착한 무공이란 거요? 과거엔 암살권으로 불릴 정도로 지독했다 들었는데 그것참. 내가 하면 사랑이고 남이 하면 불륜이라더니."

용문진은 웃기는 소리 그만 하라며 손을 탁탁 털어냈다.

◘   ◘   ◘

짝짝짝짝!

용문진은 관치의 이야기를 듣는 중간에 '하오! 하오!'를 외치며 연방 박수를 쳐 댔다. 사실 그날 자신이 그렇게 멋진 말들을 했던 건 아니지만 일단 화려하고 기억에 팍팍 남는 등장을 하니 기분이 좋아진 것이다.

"흠, 제갈곽이 극강의 고수가 된 것은 거의 환갑이 다 되어서라고 들었는데, 극강의 고수와 맞상대를 하고 있는 서른 안팎의 그 젊은 고수는 도대체 뭐지?"

 표사 한 명이 용문진의 강함이 어느 정도인지 실감이 나지 않는 듯 슬쩍 지운을 바라봤다. 그나마 이 안에서 상승의 경지에 대해 가장 잘 설명해줄 수 있는 사람은 지운 한 사람뿐이기 때문이다.

"그건 내가 설명해줄 수 있을 것 같은데 한번 들어보겠소?"

 기분이 좋아진 용문진은 표사들의 궁금증 정도는 얼마든지 풀어줄 수 있다는 듯 먼저 손을 내밀었다.

"그대가 말이오?"

"왜, 내가 하면 안 되는 것이오?"

"최소한 그 정도 경지에 대해 이야기하려면 비슷한 실력이거나 더 높은 경지에 올라야 하는 것 아니오?"

"아니, 왜 내가 그 경지가 안 된다고 생각하는 것이오?"

 용문진은 자신이 처음 왔을 때부터 모두들 은근히 무시하는 경향을 보였기에 기분이 별로 좋지가 않았다.

"아니, 그럼 종남파 출신의 검객 중에 방금 이야기 속의 인물들처럼 대단한 경지를 이룬 사람이 있단 말이오? 우리가 아무리 표행에 치어 산다고 하지만 그런 일이 있었다면 오

오월동주(吳越同舟)

가다 들었을 텐데 말이오. 보통 무림 세가들에 비해 구파일방은 고수가 등장하면 오히려 더 광고를 하고 자랑하는 습성이 있지 않소."

"습성이라니! 말이 지나친 것 아니오?"

용문진은 자신과 반대 의견을 가지고 은자를 걸었던 표사 하나가 은근 시비조로 이야기하자 표정이 굳어졌다.

"그건 세상이 다 아는 이야기인데 새삼스럽게 그대만 모른다 할 것이오?"

용문진의 표정이 굳어지는 걸 보면서도 표사는 물러설 생각이 없는지 끝까지 자신이 하고 싶은 말을 늘어놨다.

'음, 내가 왜 종남의 편을 들고 있는 거지.'

용문진은 자신이 진짜 종남의 검객이라도 된 것처럼 화가 나고 열이 받자 '내가 왜?' 하는 생각이 들었다.

'아니지. 잠시 차용을 하고는 있지만 그래도 현재는 내가 종남인 것을. 절대 무시당할 수는 없지.'

용문진은 혼자서 이런저런 생각을 늘어놓더니 다시 입을 열었다.

"경고하겠소. 내가 용선표국에 대해 험담을 하지 않는 것처럼 당신도 타인의 사문에 왈가왈부하는 것은 조심하는 게 좋겠소."

진하석은 금방이라도 성질을 낼 것처럼 타올랐다가 금세 가라앉아 차분한 어조로 말을 늘어놓는 용문진의 모습에 다시 의심스러운 눈초리를 날렸다.

"진 표두, 그렇게 보지 말아주시겠소? 난 그저 무당에 일이 있어 가는 것뿐인데 왜 그대들에게 추궁을 당하고 의심스러운 사람이 되어야 하냔 말이오."

"내가 뭘 어떻게 봤다고 그러시는 거요. 내 관심사는 은자 백 냥에 있으니 그런 걱정은 하지 마시오."

진하석은 괜한 소리를 한다며 손을 내저었다.

"그런데 이걸 어쩌면 좋소. 지금은 용문진이 제갈세가를 날려 버리고 모든 걸 차지하는 분위기인데. 지금이라도 포기하고 물러선다면 없었던 것으로 해주리다."

"아니, 그럴 수는 없지. 아직 제갈세가에 대한 이야기가 끝난 것도 아니고, 잠시 용문진이 강력한 무공을 지니고 있다는 등장 장면 정도로 그가 바보 같은지 아닌지를 판단하는 건 이른 감이 있소. 그러니 일단은 끝까지 들어보고 그다음에 결정합시다."

"진 표두의 생각이 그렇다면야……. 이보시오, 계속 들어봅시다."

"아니, 잠깐만. 종남의 검객께서 뭘 잊어버린 것 아니오?"

"뭘 말이오?"

"이야기 속에 등장한 강함이 어느 정도인지 알고 있다고 하지 않았소. 그거 이야기해준다고 해놓고 그냥 넘어가는 것이오?"

용문진은 엉뚱한 소리가 나오는 바람에 정작 자신이 뱉었던 말은 잊어버렸음을 자인하며, 이야기 속 용문진과 칠상권으로 극강의 경지를 이룬 제갈곽에 대해 설명하기 시작했다.

"일단 용문진이 어느 정도 강한지 알기 위해선 칠상권이란 무공에 대해 먼저 이해를 해야 합니다. 일반적으로 칠상권은 공동파(空洞派)의 절기로 알려져 있는데, 사실 이 무공이 그들의 진산무공이라고 하기엔 무리가 있소. 공동파가 있는 공동산은 동굴이 많고 정기가 강해 예로부터 수많은 도인들이 수련을 했던 곳이오. 사실 다른 도가의 문파에 비해 공동파는 어느 계보라 말하기 어려운 점이 있는데, 그것은 별의별 도인들이 다양한 성향을 보이며 수련을 했기 때문이오. 공동파가 생겨난 것도 누군가 만들었다기보단 공동산에 모여 수련을 하는 도인들을 지칭하는 일종의 대명사였소. 지금이야 정파의 한 기둥으로 자리를 잡고 있지만, 초창기 공당파가 생겨났을 땐 정사(正邪)가 공존하는 혼돈 그 자체였다고 할 것이오."

"호, 공동파가 그렇게 복잡한 내력을 가졌을 줄은 오늘 처음 알게 되었소."

용문진은 자신의 이야기에 다들 호기심을 보이기 시작하자 다시 기분이 우쭐해졌다.

"칠상권이 공동파의 절기인 것은 맞지만 왜 진산절기라고 해서는 안 되느냐. 일단 이 부분을 이야기해주겠소. 처음에 공동파가 생겼을 때는 중심도 없고 대표도 없는, 각기 자신의 도를 닦는 사람들이 모여 있었다고 말했을 것이오. 공동파가 완전히 자리를 잡고 하나의 문파로서 정립이 되는 동안 사파 계열의 도인들이 설 곳을 잃고 공동에서 쫓겨나거나 스스로 모습을 감추기도 했는데, 칠상권은 이때 사파 계열의 도인들 중에 한 명이 만들어낸 것이라는 게 정설이오. 혹시 그대들은 칠상권을 다른 말로 뭐라 부르는지 아시오?"

"방금 전 이야기 속에서는 암살권이라고 부르기도 하던데……."

표사 하나가 자신 없는 말투로 '혹시 그거?' 하는 표정을 지었다.

"바로 보았소. 칠상권은 일반 권법과 달리 침투경에서 발전한 기술을 사용하는데, 그 기술을 보통 내가중수권이라 부른다오. 대부분 권은 밖에서부터 부수고 들어가 충격을 주는 방식인데, 이 칠상권은 특이하게도 밖은 멀쩡하고 안쪽만 박살을 내는 아주 음흉한 권법이었던 것이오."

"밖엔 멍 하나 들지 않고 멀쩡하다는 말이오?"

"아, 그 정도는 아니오. 외부도 분명히 충격을 받으니 흔적이 전혀 안 남을 수는 없소. 단지 외관상으론 가벼운 타박상 정도로 보이지만, 안을 열어보면 오장육부가 모조리 터져서 죽은 경우가 태반이었지."

오장육부가 모조리 터져 죽는단 말에 쟁자수들이 어깨를 부르르 떨었다.

"그래서 주로 암살을 하는 자들에게 이 권법이 추앙을 받았는데, 이 칠상권이 유명해진 것도 바로 그 때문이오. 워낙 강렬하고 잔인한 권법이라 공동파 내에서도 거의 익히는 것을 금하던 무공인데, 어린 도사 한 명이 처절하게 죽은 가족의 복수를 하기 위해 이 권법을 훔쳐 배웠다는 것 아니오. 나중에 장성한 소년은 대륙을 돌아다니며 복수행을 시작했는데, 그때 그 소년의 손에 죽은 자들 모두가 내장이 파열돼 죽은 것이지. 물론 외관상으론 멀쩡해 보이니 언제 어떻게 당한 것인지 알아낼 방법도 없었고, 또 알아낸다고 해도 칠상권의 위력을 알게 된 후론 어느 누구도 그 소년에게 도전을 하지 않았다오. 그때부터 칠상권이란 이름 대신 암살권이란 이름이 더 많이 쓰이게 된 것이오."

"그럼 칠상권이란 이름은 왜 생긴 것이오?"

"하하하, 그건 의외로 단순한 이유 때문이오. 칠상권이 경지에 다다르면 공간을 격하고 상대를 눕힐 수가 있는데 일종의 권경이 쏟아져 나온다오. 그때 그 권경의 모양이 주먹과 같은 형태를 띠는데 모두 일곱 개의 잔상이 생긴다 하여 칠상권이 되었지."

"칠상권에 맞으면 어떻게 죽는지는 알겠는데 그게 어느 정도 위력을 가진 건지는 아직 감이 오질 않소."

용문진은 당연히 그럴 것이라며 다시 말을 이었다.

"칠상권은 최소 삼 성의 단계에 이르러야 내가중수권의 형태를 갖추게 되는데, 이 삼 성의 칠상권은 황소도 단번에 죽일 수 있는 위력을 가지고 있소. 오 성을 넘어서면 촌경이라 하여 팔을 뻗지 않고도 상대를 공격할 수 있으며, 칠 성에 올라가면 공간을 격하고 상대를 상하게 할 수가 있소. 보통 칠 성의 실상권이면 저 정도 바위는 그대로 아작을 내버릴 수가 있다고 하오."

용문진은 손을 들어 바위 하나를 가리켰고 사람들의 시선은 순식간에 그쪽으로 몰려들었다.

"대충 봐도 좌우로 일 장은 넘어 보이는데……."

"그렇소. 칠 성의 칠상권이면 저런 바위도 안쪽을 바스러트릴 수 있다는 거요."

"그럼 십이 성은 어떻소?"

"바로 그 십이 성의 칠상권을 사용한 것이 방금 이야기 속에 나온 제갈세가의 제갈곽이란 사람이오."

사람들은 그게 정말이냐는 듯 관치를 바라봤다.

"맞습니다. 제갈곽은 분명히 칠상권을 대성한 상태입니다. 사실 근종의 경지에 오른 것도 바로 이 칠상권을 통해서였답니다."

"아니, 그렇다면 그렇게 엄청난 공격을 막아낸 용문진은 도대체 얼마나 강한 거지?"

"그건 제가 이야기를 해드리죠."

"아, 지운 님. 그렇게 해주시겠습니까?"

용문진은 자신의 이야기를 가로채버린 지운을 바라보며 입술을 실룩거렸다. 다른 사람이 그랬다면 한바탕 호통이라도 쳤겠지만 연약한 여인에게 화를 낼 수도 없다고 생각하니 입맛이 씁쓸해지는 용문진이다.

"사실 용문진과 제갈곽 선배의 무공은 비슷한 경지라고 보시면 됩니다."

"네? 그럴 리가요. 용문진은 맨 몸으로 칠상권을 받아냈지 않습니까."

"물론 아무런 행동도 하지 않고 맨 몸으로 받아냈다면 감히 상상할 수 없는 경지에 이르렀다 볼 수 있겠지만, 용문진이 사용한 무공은 호신공을 빙자한 반탄공입니다."

"반탄공이라면 상대의 공격을 튕겨 낼 수 있다는 그 무공을 말하는 겁니까?"

"바로 그렇죠. 하지만 보통 반탄공은 자신과 비슷한 실력의 사람에겐 사용을 할 수가 없는 무공이죠. 힘과 힘의 밀고 당기는 경계가 아슬아슬해서 자칫하면 두 사람 다 목숨을 잃을 수가 있으니까요."

"하지만 방금 말씀에는 제갈곽과 용문진이 같은 실력이라고 하지 않으셨습니까?"

"그래서 용문진이 영악하다고 보는 겁니다. 용문진이 아무리 대단하다고 해도 십이 성의 칠상권을 반탄지기로 활용할 수는 없죠. 하지만 칠상권의 힘을 완화시키고 반탄지기에 실을 수 있을 정도로 힘을 죽인다면 얼마든지 받아낼 수가 있습니다. 황금빛 파동이 나타났다고 했을 때 처음엔 매우 느리고 아름답게 보였다고 했죠?"

"그렇습니다."

"바로 그 과정이 칠상권의 힘을 완화시키기 위한 보조 장치입니다. 호신기공의 원리를 생각하면 어렵지 않게 응용할 수 있는 부분이죠. 보통 사람들은 호신기공을 무슨 기의 장막 같은 걸로 생각하는 경우가 많은데, 그런 식으로 호신공을 사용했다간 겉은 멀쩡해도 속이 터져서 칠상권에 맞은 사람처럼 되고 말 겁니다. 호신공은 막는 게 아니라 힘을 흘리는 게 목적인 무공이죠. 보통 호신공을 발휘하면 무공에 따라 조금씩 차이가 있기는 하지만 몸 주변으로 기의 회전이 일어나게 됩니다."

"회전이라면 소용돌이 같은 걸 말씀하는 겁니까?"

"네. 바로 소용돌이를 만들어내는 거죠. 소용돌이는 밖에서 들어온 이물질을 빨아들이는 힘이 아주 강력하게 작용합니다. 다시 말해 공간을 격하고 날아든 칠상권이 그 소용돌이에 휘말렸다고 보면 되는 거죠. 이때 한 가지 조심할 점이 있는데, 소용돌이의 힘이 너무 강하면 공격이 튕기면서 사용자가 충격을 받게 되고 너무 느리면 공격이 파고들어 그

오월동주(吳越同舟) • 273

역시 충격을 받게 되죠."

"아하! 그렇다면 상대의 공격 속도에 맞춰 소용돌이의 속도를 조정해야 안전하다는 것이군요."

"네. 바로 그렇게 조절하는 능력이 고수와 하수를 가리는 척도가 되는 거죠. 또 그것을 응용해 용문진처럼 반탄지기에 실어내는 사람들도 있는 거구요. 이야기 속에 용문진이 사용한 반탄지기는 사실 고수들에겐 전혀 먹히지 않는 기술이에요. 힘을 완화시키는 동안 공백도 많을 뿐 아니라 자칫 쾌검을 사용하거나 비도를 사용하는 사람과 싸우게 되면 백전필패를 한다고 해도 과언이 아니죠. 용문진이 칠상권을 막고 그 남은 여력으로 반탄지기를 펼친 것은 제갈곽의 심기를 흔들려는 속셈이었을 겁니다. 비슷한 능력을 가진 고수들의 대결에 가장 중요한 것은 평정심이고 그 평정심이 무너지는 순간 내력 조절이 어려워지는 거죠. 내력을 조절하는 능력이 얼마나 섬세하고 정확한가에 따라 고수와 하수가 나눠진다고 했던 말, 기억들 하고 있겠죠?"

"그렇게 된 거로구나. 이래서 아는 게 없으면 그저 대단해 보이고 무섭게만 느껴지는 거라니까. 역시 지운 님의 설명이 가장 듣기 편하고 쉽습니다. 하하하하."

표사들은 물론 쟁자수들까지 어렵지 않게 제갈곽과 용문진의 대결을 이해시키자 사람들은 '역시 화중검'이라며 손가락을 치켜들었다.

그러자 다시 떨떠름한 얼굴이 된 것은 당연히 용문진이었다. 한창 분위기를 움켜쥐었는데 지운의 말 몇 마디에 아무것도 아닌 게 되어버린 것이다.

"하지만 여러분이 명심해야 할 부분이 있습니다."

"네. 어떤 건지 말씀만 하십시오."

"그 이야기 속에서 용문진이 정말 대단한 것은 제갈곽이 연속해서 칠상권을 사용하지 않는단 가정 아래 그 기술을 사용한 것입니다. 사실 이 부분은 모험에 가깝죠. 보통 이런 모험이 바로 승부의 척도가 되는 경우가 태반입니다. 고수는 단순히 힘만 세다고 되는 게 아니라, 자신이 처해 있는 상황을 모두 확인하고 또 그것을 응용해낼 수 있을 때 진정한 고수라 할 수 있을 겁니다."

지운은 떨떠름한 표정을 짓고 있던 용문진을 바라보며 가볍게 눈인사를 건넸다. 까발린 만큼 대우도 해주었으니 너무 서운해하지 말라는 뜻이었다.

"험험."

용문진은 지운의 배려에 부끄러운 기분이 들었는지 가볍게 헛기침을 늘어놓으며 관치 쪽으로 시선을 돌렸다.

"계속 들어봅시다. 생각보다 재미있는데."

"다들 중간 중간 배움을 주고받는 것 같아 입이 근질거려도 참고 있던 참입니다. 그럼 다시 시작해볼까요?"

제11장. 고육지계(苦肉之計)

고육지계(苦肉之計)

-적을 속이기 위해 자신의 희생을 무릅쓰고 꾸미는 계책

 제갈곽은 어육처럼 토막 나 쓰러져 있는 제자들의 죽음에 고뇌에 싸인 눈빛이 되었다. 관치의 말대로 당문을 멸문시켰던 자들이 정말 찾아온 것은 물론이고, 내심 그들이 온다 해도 막을 수 있다 자신했던 자신들의 안일함에 화가 솟구쳤다.
 "그대가 원하는 것은 당가의 생존자들이겠지?"
 "내줄 것이오?"
 제갈곽은 고개를 돌려 자신의 형이자 가문의 수장인 제갈선에게 시선을 돌렸다. 부질없는 욕심을 부리기보다 이쯤에서 그만두는 게 어떻겠냐는 눈빛을 보였다.
 "이미 늦었다. 당문의 생존자가 필요해서 찾아온 것이라면

애초부터 말로 했어야 했다."

"하하하하하! 지금 말로 하자고 했소?"

용문진은 웃기는 소리 그만 하라는 듯 제갈선을 바라봤다.

"좋아. 가주 말대로 내가 말로 했다 칩시다. 그럼 어서 그러게 하며 그들을 내주었을 거란 말이오?"

용문진은 가문의 수장이라는 자가 이제 와서 그런 소리는 해서 뭐 하냐는 듯 따져 물었다. 이미 엎질러진 물이고, 설사 그렇게 찾아왔다 해도 말로 할 사람이었으면 무작정 막아라, 죽여라 할 것이 아니라 대화를 시도했어야 했다.

"곽아."

"네, 형님."

"네 말이 틀렸다는 건 아니다. 하지만 우리가 사는 곳은 무림이고 무림의 사람이라면 절대 물러설 수 없는 경우도 생기는 법이다."

"알고 있습니다. 하지만 아직 피어보지도 못한 저 아이들은……"

제갈곽은 지금이라도 자존심을 버리고 살길이 구만리 같은 아이들의 앞길을 열어주자고 하고 싶었다. 그러나 그의 말이 끝나기도 전에 그의 형 제갈선은 돌이킬 수 없는 길을 건너고 있었다.

"가문의 모든 사람들은 들어라. 오늘을 기점으로 제갈세가가 사라지는 한이 있어도 나는 저들과 맞서 싸울 것이다. 그것이 무림에 나온 자들의 숙명이고 또 의무이며 지켜야 할 자존심이다. 나를 따르겠느냐!"

군중을 지배하는 것은 돈도 환락도 아닌 한마디 음성이라고 했던가.

침통한 표정으로 주검을 바라보고 있던 제갈가의 사람들은 복수를 다짐하는 가주의 말 한마디에 그대로 불타올라버렸다. 이미 죽음에 대한 두려움은 사라진 지 오래고, 마음속엔 동료와 형제의 원한을 푸는 것만이 전부인 냥 이성을 잃어버렸다.

"어리석은 자들. 지효원!"

"네, 주군."

"오늘 이후로 제갈세가는 세상에서 사라질 것이다."

"존명!"

지효원은 이렇게 흘러서는 안 되는 걸 알면서도 부하들의 사기를 위해 반(反)하는 모습을 보일 수가 없었다. 여기서 자신이 약한 모습을 보인다면 적들은 기세를 높일 것이고 부하들은 억눌린 기운을 이겨 내며 힘겹게 싸워야 할 것이다. 그러나 어떻게 싸운다 해도 수많은 이들이 죽어갈 것이고, 또 다른 죽음의 시발점이 되고 말 것이다.

'이미 용가의 사람이 되기로 마음을 먹었지 않은가. 내가 살 곳도, 차갑게 몸을 누일 곳도 이미 정해졌음을 명심하거라!'

지효원은 신분 상승의 욕망에 휘말려 너무 먼 곳까지 달려왔음을 절실히 느끼고 있었다.

다시 돌아가는 길을 선택하기보다 아예 앞으로 뛰어 나가는 것이 정의가 되어버린 자신.

지효원은 자신의 검이 허공을 가르고 제갈세가의 이름 모를 사내의 목에 박히며 동맥에서 솟구친 핏물이 세차게 얼굴을 때리는 순간에서야 멈춰버렸던 시간이 다시 흘러감을 느낄 수 있었다.

'나는 이미 지옥에 왔다. 다른 것은 고민하지 말자. 지금은 살아남는 것만 생각할 때다.'

용문진은 부하들과 제갈가의 사람들이 한데 뒤엉키기 시작하자 자신의 먹이를 찾아 걸음을 옮겼다.

무림에 나온 뒤 처음으로 만나보는 강자. 어쩌면 자신보다 더 높은 경지에 올랐을지도 모르는 사람과 승부를 겨루게 된 것이다. 사실 제갈곽과 눈을 마주치는 순간 몸이 경직을 일으켰고, 어쩌면 오늘 이곳에서 죽을지도 모른다는 두려움에 눈빛까지 떨어야 했다.

'나는 극복해낼 것이다.'

용문진은 직접적인 승부를 통해선 절대 제갈곽을 이길 수 없음을 깨달았다. 어영부영하다간 순식간에 심장이 터져 나가고 장기 따위는 가루로 만들어버릴 수 있는 칠상권의 극강 고수.

용문진은 제갈곽을 자극하고 평점심을 흩트려 놓기 위해 할 수 있는 일은 다 했다고 생각했다. 이젠 자신의 모든 힘을 끌어 모아 제갈곽과 싸우는 일만 남은 것이다.

 '팔을 하나 내주는 한이 있더라도 기필코 쓰러트릴 것이다. 나는 아직 여기에서 멈출 수도 없고 멈춰서도 안 되니까.'

 솔직히 제갈세가에 근종의 고수가 있다는 사실을 알았다면 조금 더 신중하고 조심할 수도 있었겠지만, 이미 엎질러진 물이었고 대결은 피할 수 없게 되었다. 둘 중에 하나는 오늘 이곳에 몸을 누이고 다음 해 똑같은 날 제삿밥을 먹어야 할 상황.

 "삼 초를 양보해주지."

 울컥!

 용문진은 3초를 양보하겠다는 제갈곽의 말에 자신도 모르게 화가 치밀어 올랐다.

 자신이 더 어리기 때문에? 아니면 선배가 후배에게 보여주는 여유와 관록? 그것도 아니면 얼마든지 자신을 부숴버릴 수 있다는 넘치는 자신감인가?

 하지만 어떤 이유를 댄다 해도 양보를 통한 승리는 아무런 의미가 없었다. 지더라도 당당해야 하고 승리는 언제나 떳떳해야만 했다. 그렇게 승부를 나눠야 순수함 그 자체로 상대를 바라볼 수 있는 것이다.

"싫소."

"젊은 나이에 정말 대단하네. 난 꿈도 못 꿨던 그런 세상을 자네는 무려 삼십 년이나 앞서 가는군."

"그러나 오늘 이 자리에서 모든 걸 잃을 수도 있소."

제갈곽은 용문진이 어떠한 것도 지기 싫어한다는 것을 느꼈다. 젊음을 간직한 자만이 보여 줄 수 있는 열정의 대망(大望), 그리고 아집.

"하긴 그때는 그럴 만도 하지."

"말로 싸울 것이오?"

"허허허."

제갈곽은 한마디도 지지 않겠다는 듯 자신을 노려보는 용문진의 모습에 웃음이 나왔다. 물론 그 웃음이 어떤 의미에서 나온 것인지는 제갈곽 그만이 알 수 있는 부분이었다.

"좋네. 자네의 뜻이 그렇다면 괜한 예의로 서로의 마음을 낭비할 필요는 없겠지."

제갈곽은 그 말을 끝으로 주먹을 말아 쥐며 기운을 끌어올리기 시작했다.

용문진 역시 제갈곽이 기운을 끌어올리자 흥분했던 마음을 최대한 가라앉히며 상대를 직시했다.

'제갈곽에게 칠상권이 있다면 나에겐 무영지가 있다.'

용문진은 이렇듯 강한 상대와는 처음 손을 섞어보는 것이었고, 또 한 번의 실수가 죽음으로 이어질 수도 있다는 생각이 들자 머리끝이 쭈뼛거리는 느낌을 받았다. 입 안은 가뭄이라도 든 듯 바짝 말라버렸고 강철 같은 장딴지는 자꾸만 떨림을 일으켰다.

'크게 한 방 주고받으면 없어질 느낌들이다.'

용문진은 떨고 있는 자신을 감추기 위해 더욱 눈에 힘을 주었다. 안압(眼壓)이 높아지자 자잘한 실핏줄들이 툭툭 터지면서 흰자위를 붉게 만들었지만 용문진 스스로는 그것을 느낄 수도, 볼 수도 없었다.

'약한 모습을 보이면 죽는다.'

용문진의 머릿속엔 오직 한 가지 다짐만이 가득 차 있는 상태였다.

'와라… 와! 언제까지 보고만 있을 것이냐!'

용문진은 한시라도 빨리 격돌이 일어나기를 바랐지만, 제갈곽은 아무 일도 없다는 듯 계속 그를 바라만 보고 있었다.

분명히 제갈곽과 싸울 것을 알고 있지만 그 순간이 오기 전까지 계속될 긴장감, 그리고 목마름이 용문진의 흥분된 마음을 더욱 조급하게 만들기 시작했다.

'상대의 여유는 나의 급함이고 상대의 너그러움은 나의 조악함이다. 그것에 속는 순간 너는 죽을 것이다.'

용문진의 머릿속에 번뜩 떠오르는 말 한마디. 그가 모든 것을 익히고 수련을 마치던 날 그의 사부가 들려줬던 마지막 비기, 관조하는 힘에 대한 이야기가 떠오른 것이다.

'정확히 바라보는 힘. 그렇게 상대를 꿰뚫어 보는 힘. 상대를 관조하고 내면을 들여다보는 상승의 묘리.'

용문진의 분위기가 차분하게 가라앉자 그를 바라보고 있던 제갈곽의 얼굴에 미묘한 변화가 생겨났다. 놀라움을 느끼는 것도 같았고, 의외라는 눈빛이 섞여 있는 것도 같았다. 그리고 더 이상 기다려서는 안 된다는 불길한 느낌마저 받은 듯 석상처럼 우두커니 서 있던 제갈곽의 신형이 번개처럼 날아들었다.

"이미 늦었소!"

용문진은 하늘 가득 촘촘히 채워진 제갈곽의 손그림자를 보면서도 물러섬 없이 양손을 흔들어댔다. 무려 서른 줄기의 무영지가 스스거리는 소음을 쏟아내며 제갈곽의 칠상권과 정면으로 충돌했다.

이미 첫 대결에서 무영지만으론 칠상권을 막아낼 수 없다는 것을 확인했지만, 그렇다고 미완성의 불안전한 무공을 사용하느니 차라리 죽더라도 가장 자신 있는 무공으로 기회를 찾아내는 게 더 옳은 일이라고 판단했다.

"열 개고 백 개고 계속해서 날려 주마!"

용문진은 칠상권의 강맹한 힘에 주춤거리며 물러서다가 다시 이를 악물고 무영지를 쏘아 올렸다. 철판도 펑펑 뚫어버리는 자신의 무영지가 바위를 가루로 만들어버리는 칠상권에 맞서 용틀임질을 시작했다.

그르르르릉.

마치 누워 있던 용이 깨어나며 기지개를 펴듯 수십 개로 나누어져 있던 용문진의 무영지가 한데 모이며 여의주처럼 강한 빛을 뿜어내기 시작했다.

웅웅웅웅.

겹겹이 펼쳐진 칠상권 앞에 자색의 빛줄기가 일렁거리며 한 걸음 한 걸음 밀고 나가기 시작했다.

기암괴석으로 펼쳐진 황산의 천벽(天壁)처럼 흔들림 없이 굳건하던 칠상권의 손그림자가 놀란 고라니처럼 움찔거리더니 주춤거리며 뒷걸음치기 시작했다.

"좋은 공부(功夫)로다!"

제갈곽은 용문진이 보여 준 자색 구체가 본래 그가 지니고 있던 무공이 아님을 알아차렸다. 자신의 칠상권과 대적하는 동안 새로운 형태로 발전을 한 것이다. 제갈곽은 용문진의 능력에 기쁨과 놀라움을 동시에 겪고 있었다.

"이것도 한번 받아보아라!"

제갈곽은 기운을 거둬들여 손그림자를 지우더니 양손을 가슴에 끌어당겼다. 조금씩 밀고 나오곤 있었지만 큰 진척을 보이지 못하던 자색 구체가, 앞을 가로막고 있던 손그림자가 사라지자 물 만난 고기처럼 펄떡거리며 제갈곽을 향해 미친 듯이 달려들었다.

제갈곽은 자신을 향해 날아드는 자색 구체가 지척에 다다라서야 가슴에 모았던 손을 내뻗으며 우렁찬 기합 소리를 내질렀다.

"칠상권 이중 중첩!"

7개의 손그림자가 주르륵 펼쳐지는 데까진 기존의 칠상권과 큰 차이를 느낄 수 없었다. 그러나 자색의 구체와 충돌하는 순간 제갈곽이 말한 이중 중첩이 어떤 것인지 바로 확인할 수가 있었다.

쿠쿠쿵!

자색 구체가 다시 한 번 그림자를 밀고 들어오는 순간, 7개의 손그림자 사이로 또 다른 잔상이 솟구쳐 올랐다. 마치 송곳처럼 날카로운 이빨을 드러낸 제갈곽의 이중 중첩은 예리한 검날로 두부를 썰어내듯 용분신의 구체를 가차 없이 양분해버렸다.

"크윽!"

열 손가락 끝에서 끊임없이 쏟아져 나가던 기의 파동이 날카로운 송곳에 찔려 숭숭 구멍이 나버리자 심력에 충격을 먹은 용문진이 코피를 쏟아냈다. 몸에 강렬한 진동과 압력이 밀려들자 자잘한 혈관들이 파열을 일으킨 것이다.

"가진 것이 그것뿐이더냐!"

제갈곽은 실망스럽다는 듯 용문진을 바라보더니 거리를

좁혀 직접 손발을 맞대기 시작했다. 격공력으론 승부가 오래갈 듯싶자 직접 타격을 가해 대결을 마무리 지을 생각이었다.

 용문진이 몸에 충격을 먹었을 때 기회를 주지 않고 세차게 밀어붙여야만 했다. 첫 번째 대결에선 제갈곽이 유리하긴 했지만 언제 역습을 당할지 모르는 것이 고수들 간의 싸움이었다.

 "이런!"

 칠상권은 태생부터가 권격을 앞세우는 무공이었기에 근접전에서 더 큰 힘을 발휘할 수 있지만, 자신의 무영지는 일정 거리를 가져야 가속도를 얻어 더 큰 힘을 내는 무공이었다. 서로가 손발을 맞댄다면 용문진에겐 필패나 다름없는 상황!

 "이익!"

 용문진은 쏜살처럼 다가온 제갈곽을 피하기 위해 최대한으로 신법을 발휘했다. 역습의 기회라도 얻으려면 어떻게든 거리를 벌려야 했다.

 "이놈, 어딜 가느냐! 그대로 넘어져라!"

 용문진이 허리를 뒤로 빼며 몸을 날리자 제갈곽의 각법이 명치 부위를 노리고 날아들었다.

 급박한 위치에 놓인 용문진은 제갈곽의 발길질을 피해내고자 발악을 해봤지만 불가능하다는 것을 깨달았다. 물러서는 힘과 달려오는 힘은 마음만으론 도저히 넘어설 수 없는

고육지계(苦肉之計) • 289

극명한 차이가 있었기 때문이다.

 용문진은 어쩔 수 없이 왼손을 갈고리 모양으로 만들더니 명치로 날아드는 제갈곽의 발목에 채찍 감듯 잡아 걸었다.

"어림없다!"

 제갈곽은 용문진이 자신의 발을 잡고 그것을 축으로 삼아 몸을 회전시키려 들자 옆으로 몸을 띄워 반대쪽 발로 용문진의 어깨를 노렸다.

 몸을 회전시켜 제갈곽의 공격을 무효화시키려 했던 용문진은 오히려 진퇴양난에 빠져 버렸고, 자칫하면 목을 내주어야 하는 기가 막힌 상황에 처해버렸다.

"으아아압!"

 용문진의 입에서 쥐어짜내는 듯한 음성이 쏟아져 나오더니 몸 곳곳에서 뼈마디 뒤틀린 소리가 터져 나왔다.

 우두두두둑!

 제갈곽의 발을 피하기 위해 어깨를 탈골시키더니 최대한 몸을 낮춘 것이다.

 휘잉!

 제갈곽의 발끝이 용문진의 어깨와 귓불 사이를 아슬아슬하게 스쳐 지나갔다.

 구사일생으로 목이 부러지거나 어깨가 떨어져 나가는 일은 피해냈지만, 제갈곽을 막아낼 방법을 찾지 못하면 이런 일은 수시로 벌어질 상황이었다.

용문진은 덜렁거리는 어깨를 부여잡으며 토끼가 튀어나가듯 순식간에 2장 이상 거리를 벌렸다. 그러나 제갈곽 같은 고수에게 2장 거리는 무의미한 공간.

 용문진에게 날렸던 발끝이 지면에 닿는 순간, 다시 한 번 몸을 회전시키더니 반대편 발로 강력한 진각을 터트렸다.

 쿵!

 떨어져 있던 사람들조차 심장이 후들거리게 만든 제갈곽의 진각!

 땅 거죽이 우수수 솟구칠 정도로 강맹한 힘을 담았던 진각의 뒤틀림이 발목과 무릎을 따라 휘어 올랐고, 용솟음치듯 끌어올린 기운의 여파가 허리를 돌아 왼손 주먹에 이어졌다.

 우우우우웅!

 슈앙!

 제갈곽 평생의 내력이 담긴 일격필살의 칠상권이 2장 밖 용문진에게 괴성을 내며 터져 나왔다.

 "칠상권! 최종 오의. 삼중 중첩! 패황천하!"

 손그림자 속의 손그림자, 그리고 그 속에 또다시 손그림자가 숨겨진 제갈곽의 최종 권이 거대한 음영(陰影)을 만들어내며 용문진의 전신에 날아들었다.

 "아… 안 돼! 안 돼!"

 용문진은 자신의 능력으론 막을 수도, 피할 수도 없는 공격이 무자비하게 날아들자 낯빛이 푸르뎅뎅하게 변해버렸다. 죽음의 손길이 자신의 목을 어루만지는 섬뜩한 느낌.

"끝인가……."

잘만 하면 이길 수 있을 것 같은 느낌에 도발을 서슴지 않았던 용문진이었지만, 오랜 세월 꾸준히 쌓아온 연륜과 내력의 깊이는 아무리 큰 힘을 가지고 있어도 넘어설 수 없는 또 다른 벽이었고 두려움임을 새삼스럽게 깨달아야만 했다.

"크아악!"

"으윽!"

"막아! 크악!"

용문진은 자신 앞에서 펼쳐지는 갑작스런 사태에 머리가 텅 비어버리는 느낌을 받았다. 자신을 살려 내기 위해 부하들 수십이 몸을 던져 넣은 것이다.

사지가 찢기고 터지고 피륙의 소나기가 사방에 후두두둑 떨어져 내렸다.

"뭐 하는 짓이야!"

평소 자신의 거친 언사와 돌발행동에 부하들이 얼마나 곤욕스러워하는지 잘 알고 있던 용문진이었다. 자신의 무료함을 달래기 위해 고의로 괴롭히기도 하고 가까운 길을 멀리 돌아가며 장난을 치기도 했던 자신이었다. 하지만 이건 아니었다. 그저 재미가 있었으면 했을 뿐이지, 자신 때문에 그런 자신을 살리기 위해 수십의 목숨이 허공에 사라지는 건 절대 어느 순간도 바란 적이 없었다.

"주군! 피하셔야 합니다!"

냉막한 표정의 지효원. 그의 손짓에 따라 다시 한 번 10명의 부하들이 칠상권의 잔영 속으로 몸을 내던졌다. 또다시 쏟아져 내리는 피의 잔해.

"놔! 놔! 이 새꺄! 애들이 다 죽어가잖아!"

"다시 오실 수 있습니다. 다시 오셔서 언제든 마무리 지을 수 있는 곳이 제갈세가입니다. 하지만 지금은 아닙니다."

"뭐? 지금은 어째?"

부하들의 무의미한 죽음에 반쯤 이성이 나가버린 용문진은 지효원의 말에 상처 입은 승냥이처럼 이빨을 들이댔다.

지효원이 용문진의 기세에 주춤 물러나는 순간, 그의 몸에서 적색의 기화(氣火)가 쑤욱 솟구쳐 올랐다.

"내가 이대로 갈 것 같아?"

"주군! 그 무공은 아직……!"

"으아아아아! 혈계귀공! 사 단공 발현!"

지효원은 절대 안 된다며 용문진을 막아서려 했지만 용문진의 입에서 발현이라는 말이 끝남과 동시에 그의 신형이 사라져 버렸다.

세상이 멈춰버린 듯 무료할 정도로 느리게 흘러가는 시간의 영역, 그리고 자신만이 움직일 수 있는 절대 공간의 탄생.

한 번도 올라서지 못했던 초월의 세계에 용문진이 발을 들이밀었다. 한 걸음 한 걸음 그의 움직임에 따라 상황이 달라졌고 지금까지 흘러왔던 모든 결과가 뒤집어졌다.

잔인한 미소를 한껏 머금은 채 자신과 부하들을 바라보고 있던 제갈가의 사람들. 용문진의 손끝에서 쏟아져 나온 무영지가 순식간에 그들의 가슴에 구멍을 내버렸다. 그리고 자신이 넘지 못했던 극강의 칠상권 고수 제갈곽에게 시선이 돌아갔고 주먹을 굳게 쥔 상태로 제갈곽의 얼굴에 양손을 내다 꽂았다.

"뭐, 뭐냐!"

땅으로 꺼진 듯 훅 소리를 내며 사라졌던 용문진이 자신을 향해 주먹을 내지르고 있자 제갈곽의 얼굴에 경악스러움이 드러났다. 도무지 이해할 수 없는 일이 벌어진 것이다.

인간의 반사 신경을 초월한 극렬한 움직임이 없었다면 용문진의 공격에 얼굴이 날아갈 뻔한 제갈곽이었다. 그러나 가까스로 용문진의 주먹을 막아냈던 그의 양팔이 수수깡 부러지듯 부러져 버렸다.

"크윽!"

"늙은이, 여기까지다! 죽어라!"

"놈! 네놈이야말로 끝이다!"

용문진과 제갈곽은 서로의 사혈을 노리며 가차 없이 주먹과 발을 날려 보냈다. 단지 차이가 있다면 용문진 쪽은 양패구상도 두렵지 않은 죽음을 각오한 눈빛을 가진 반면, 제갈곽은 여전히 지킬 게 많은 한 수 물러선 입장이었다.

"우욱! 이놈이!"

제갈곽은 설마 용문진이 양패구상을 택할 줄은 몰랐다는 듯 급히 공격을 회수하며 거리를 벌렸다.

"어딜!"

제갈곽은 불쾌한 표정을 지으며 물러섰지만 용문진은 이대로 포기할 생각이 없는 것 같았다.

그러나 마음이 아무리 강력하다 해도 무너진 육체를 일으켜 세울 수는 없는 법.

용문진이 처음 사라졌던 그 장소에서 엄청난 폭발음이 터져 나오더니 전각 곳곳에 땅거죽이 솟구치기 시작했다. 그리고 용문진과 제갈곽의 대결을 지켜보고 있던 제갈가의 사람들 10여 명이 고개를 갸웃거리며 자신들의 가슴을 내려다봤고, 용문진이 있는 곳에 이르러선 그의 몸 곳곳이 쩍쩍 벌어지며 피분수를 쏟아냈다.

"크아아악!"

서 있기조차 힘들 정도로 몸의 근육이 파열돼버린 용문진이 끔찍한 비명을 토해내며 바닥에 주저앉았다.

그제야 용문진을 쫓아 달려왔던 지효원이 모습을 나타냈고, 제갈곽과는 눈도 마주치지 않은 채 그대로 도망을 쳤다.

"물러난다!"

지효원은 살기등등한 눈빛으로 제갈가를 노려보고 있는 부하들에게 곧바로 퇴각 명령을 내렸다.

"이대로 보낼 줄 알았더냐!"

제갈곽은 양팔이 부러져 칠상권을 시전할 수 없음에도 지효원의 뒤를 쫓아 달려 나갈 태세였다.

"으악!"

"커억!"

"크으윽. 어… 언제……."

지효원의 뒤를 쫓아 달려 나가려던 제갈곽은 갑자기 사람들이 쓰러지면서 피를 토해내자 방향을 바꿔야만 했다.

"어떻게 된 일이냐!"

제갈곽은 연방 피를 토하며 숨이 끊어져 버린 제자들과 가족들을 바라보며 황망한 표정이 되었다. 제갈진무를 비롯해 제갈진공과 제갈현선까지 검붉은 피를 토하며 쓰러진 것이다.

"독이더냐? 독에 당한 것이냐?"

뒤쪽에 있던 제갈선이 급히 달려 나오며 자식들과 제자들의 상세를 살폈다. 그러나 미리 그들의 상태를 확인하고 있던 제갈곽이 고개를 흔들며 천천히 말했다.

"놈의 지풍에 당했습니다. 모두 심장을 관통당해……."

"무슨 소리냐! 그놈이 언제 공격을 했단 말이냐!"

제갈선은 말도 안 되는 일이라며 제갈곽의 말을 인정하지 않았다.

"저도 모르겠습니다. 그자가 마지막에 보여 준… 믿을 수 없는 능력이……."

제갈곽은 지금도 뭐가 어떻게 된 건지 모르겠다는 듯 덜렁거리는 자신의 양팔을 내려다봤다.

"그게 무슨 소리냐?"

제갈선은 마지막 순간에 무슨 일이 있었는지 감을 잡지 못하고 있었다. 오히려 그 팔은 언제 부러졌냐며 되묻는 판국이었다.

"모르겠습니다. 정말 모르겠습니다. 마치 시공을 넘어선……."

"말도 안 되는 소리!"

제갈선은 황당한 말은 꺼내지도 말라며 제갈곽의 생각을 무시해버렸다. 뭔가 다른 방법을 이용해 암수를 쓴 것이 틀림없다고 생각한 것이다.

"크으윽… 진무야, 진무야!"

제갈선은 자신의 장자이자 가문을 이어갈 제갈진무가 허망하게 목숨을 잃어버리자 통곡의 눈물을 쏟아야만 했다.

"모든 게 다 그년들 때문이다. 다 그년들 때문이야! 모두들 들어라! 전각 안에 들어가 그 연놈들을 모조리 죽여 버려라!"

제갈선은 세가에 재앙을 몰고 온 미란과 민영을 도저히 용서할 수 없다며 괴성을 질러댔다.

◈　◈　◈

"살벌하네……."

"방금 몇 명이 죽은 거야? 대충 싸우고 끝날 때까지 반 시진도 안 걸린 것 같았는데……."

처음엔 양측의 대결이 시작되자 초롱초롱 눈빛을 빛내던 쟁자수들은 막상 피륙이 쏟아지고 사지가 갈기갈기 찢겼단 말에 어깨를 부르르 떨어댔다.

"반 시진 동안 대충 오십 명은 죽은 것 같습니다. 한둘만 죽어도 관에서 난리 법석을 떠는데 이 정도면 학살에 가까운 수치죠."

관치가 안타까운 목소리로 이야기했다.

"아니, 그런 일이 있었는데 관에선 왜 아무런 행동도 취하지 않은 건가?"

또 다른 쟁자수 하나가 이해가 되지 않는다며 관치를 바라봤다.

"관에선 당연히 모르는 일이죠. 제갈세가 역시 무한에서 열린 무림맹 행사에 참가해 수뇌부들에게만 일부 이야기를 했을 뿐이니까요."

"아니, 왜 말을 하지 않은 거지? 억울하지도 않나?"

쟁자수는 여전히 이해가 되지 않는 듯 불만스럽게 말했다.

"아니, 이보게, 난 자네가 더 이해가 되지 않네. 자네는 제갈세가처럼 기세등등한 집안이 정체도 모르는 놈에게 우수수 죽어나갔다고 소문을 내겠는가? 창피해서라도 입을 다물 것이네. 거기다 그들은 무림인이지 않은가. 무림인들 간의 은원은 관에서도 손을 못 대는 것이 현실이라는 건 모두가 아는 이야기지 않은가."

옆에서 보던 다른 쟁자수가 답답했는지 말이 되는 소리를 하라며 오히려 역정을 냈다.

"아무리 그래도… 사람이 그렇게 죽었는데."

관에 신고를 했어야 한다며 목소리를 높이던 쟁자수는 한풀 꺾인 모습으로 '난 인정 못해!'라는 표정을 고수했다.

그때 곰곰이 생각에 잠겨 있던 지운이 질문을 던졌다.

"이해가 되지 않는 부분이 있는데, 설명이 가능할지 모르겠군요."

"네? 어떤 부분이……."

관치는 지운이 이해할 수 없는 부분이 있다고 하자 살짝 긴장된 표정이 되었다.

"이야기 속에서 용문진이 사용했던 그 무공 말이에요."

"아, 혈계귀공요?"

"그래요. 이야기가 있는 그대로라는 가정하에 말하는 거지만, 용문진이 정말 그런 움직임을 보이고 또 스스로 그런 상처가 생겨났다면 제갈곽이 말한 것처럼 시공을 이겨 낼 수 있는… 아니 이 부분은 정정하죠. 인간의 몸으로 시공을 넘어섰기에 벌어지는 현상이라고 볼 수 있을 것 같은데. 혹시 아는 부분이 있나요?"

질문은 관치에게 하고 있지만 지운의 시선은 은연중 종남검객 용문진에게 향해 있었다.

"그건 저도 잘……. 상황이 그렇게 흘러갔다는 거지, 그게 어떤 원리로 그렇게 되는지는 저도 알 방법이 없지 않겠습니까?"

"하긴 그렇긴 하죠……. 만약 그 상황을 논리적으로 풀어낼 수 있으려면 최소한 종사(宗師)급은 되어야 가능할 테니. 종남에서 오신 분은 어떻게 생각하시는지."

"아, 그건… 그럴 것 같습니다."

용문진은 자신이 설명할 수 있을지도 모른다고 말을 하려다가 종남 출신의 검객이 너무 많은 걸 알고 있는 듯하자 생각을 바꿔버렸다. 거기다 종사급은 되어야 설명할 수 있다는 말에 고개를 저어버린 용문진이었다.

"제갈세가는 사리사욕을 채우려다 결국 패가망신을 한 꼴이군요."

 진하석은 마음을 곱게 쓰지 못하니 벌을 받은 것이라며 제갈가의 방식을 비난했다. 물론 진하석이 이야기하는 동안 표사들과 쟁자수들이 눈치껏 '진 표두는 다른 것 같소?' 라는 표정을 지어 보였다. 이들 입장에선 멀리 있는 제갈세가의 악행보다 눈앞에 있는 진하석의 짜증스러움이 더 힘들고 고단했기 때문이다.

 "그나저나 전각 안에 갇혀 있던 관치 일행은 어떻게 된 겁니까? 제갈선이 아들 둘과 딸을 잃어버렸으니……."

 표사들은 우리의 주인공들이 심각한 상황에 빠지고 말았다며 이 난관을 어찌 극복해나갈지 궁금한 표정을 지었다.

 "그럼 계속 이야기를 이어보겠습니다."

 관치는 당연히 궁금해할 줄 알았다는 듯 전각 안에 갇혀 있던 관치 일행의 상황을 들려주기 시작했다.

◎　　◎　　◎

"큰일이다."

 밖을 내다보던 관치가 급히 창문을 닫아버리더니 일행을 불러 모았다.

 "왜 또?"

 더 이상은 죽어도 못 움직인다며 투덜거리던 연준하가 신경질적으로 물었다.

"대단하신 화산검협 연준하 님은 여기 그냥 계셔도 되니 신경 끄시오."

관치는 말을 섞기도 귀찮다는 듯 곧바로 미란과 민영에게 시선을 돌려 버렸다.

"왜 저렇게 소란스럽죠? 무슨 일이라도 생긴 건가요?"

두 사람은 걱정스런 눈빛으로 관치를 바라봤다.

"놈들이 쫓아왔다."

"네?"

미란은 놈들이라는 말에 처음엔 어리둥절한 표정을 지었다가 금세 질린 얼굴이 되었고, 때려 죽여도 못 움직인다던 연준하 언제 그랬냐는 듯 벌떡 몸을 일으켰다.

"설마, 그 흑의인들이 제갈세가에 왔다는 말인가요?"

"그래. 지금 밖에선 제갈가와 흑의인들 사이에 싸움이 난 상태다."

"어떻게 하죠?"

제갈가가 벌인 일만으로도 버거운 상황에 흑의인들까지 나타났다는 것은 그야말로 엉킨데 설킨 것이나 다름없었다.

다들 걱정스런 표정을 지으며 방법을 궁리하는 사이에 묵진설은 당문을 멸망시켰다는 놈들의 정체를 확인하겠다며 직접 창문을 열고 밖을 내다봤다.

"진설, 흑의인들 눈에 보여 봤자 좋을 것 없다. 두고두고 만나게 될 놈들이니 급하게 굴지 마."

관치는 지금 밖이나 내다보며 정보를 모을 때가 아니라며 진설을 잡아당겼다.

"누가 이기든 그 와중에 입은 피해는 우리가 보상을 하는, 아니 응징을 하고 싶어 할 거야."

"웃기는군요. 당사자들은 가만히 있는데 외인들이 설왕설래라니."

민영은 잔뜩 화가 난 표정이 되었다.

"일단 이곳을 나가는 것은 불가능하다. 자칫 어설프게 움직였다간 두 무리에 쫓기게 될 테니까."

"그럼 어떻게 하죠?"

"생각해둔 방법이 있다. 연준하 네 검이 필요하다."

"휴, 지금 검을 달라고 한 것이냐?"

"그렇게 들렸나? 네가 검을 써야 할 일이 있다는 말이다."

"아, 그렇군. 말을 좀 똑바로 해줘. 오해하지 않게 말이야."

관치는 그렇게 하겠다는 듯 고개를 끄덕이더니 제갈진무가 움직였던 함정을 작동시켰다.

그르르릉.

바닥이 움직이며 다시 드러난 구멍.

관치는 연준하에게 구멍의 너비보다 약간 긴 나무를 구해 달라고 했다.

"뭐? 여기가 산속도 아니고 무슨 수로……."

"연 공자, 이곳이 산속은 아니지만 나무는 많지 않나요?"

민영은 전각의 재료가 대부분이 나무인데 왜 고민하느냐는 듯 이야기했다.

"가까운 곳에 있는 나무는 안 돼. 방 안이나 다른 쪽에 있는 나무를 구해와. 사람 숫자에 맞춰서."

"알았다. 잠시만 기다려."

연준하는 자신의 검을 들어 구멍의 너비를 확인하더니 곧바로 몸을 날렸다.

"오라버니, 설마 저 구멍 안에 숨을 생각은 아니죠?"

"아니. 저 안에 숨을 거야."

"네? 하지만 저 안에 숨으려면 밖에서 누군가 기관을 작동시켜야 하잖아요. 그리고 빠져나올 때도 그렇구요."

"그렇지."

관치는 당연하다는 듯 고개를 끄덕였다.

"하지만 누가……."

진설은 설마 하는 표정으로 관치를 바라봤다.

"아마 이 안에서 나보다 도망을 잘 칠 수 있는 사람은 없을 거야. 그러니 당연히 내가 해야지."

"오라버니! 그게 무슨 소리예요. 미치지 않고서야 어떻게……. 이봐요, 당씨 가문의 아가씨들, 지금 이런 이야기를 듣고도 가만히 있을 거예요?"

진설은 당신들 때문에 관치가 위험을 자초하는데 그렇게 아무 말도 하지 않을 거냐며 언성을 높였다.
 미란과 민영은 솔직히 지금 상황에서 뭐라고 해야 할지 판단이 서질 않았다. 말리자니 방법이 없고, 방법에 따르자니 누군가는 사지에 남아야 하는 것이다.
 "어차피 다른 사람은 남는다 해도 의미가 없다. 기관에 대해 지식이 있어야 하고 저들이 노리는 인물이 아니어야 해. 나야 큰 비중을 차지하지 않으니 미란과 민영보다 더 안전할 수밖에 없지."
 진설은 관치의 설명에도 여전히 불만스런 표정을 지우지 않았다. 그리고 그 불만은 고스란히 미란과 민영에게 향할 수밖에 없었고, 두 사람은 면목이 없다는 듯 가만히 고개를 숙여야만 했다.
 "나무를 구해왔다. 이제 어떻게 하지?"
 연준하는 구멍보다 약간 긴 길이로 잘라온 나무를 내려놓으며 다음 지시를 기다렸다.
 "나무를 구멍 사이에 넣고 고정시켜. 사람 한둘이 매달려도 빠지지 않게."
 "그렇게 하지."
 연준하는 이번에도 군소리 없이 나무를 구멍 사이에 끼워 넣기 시작했다.
 "이젠?"

"들어가야지."

"그렇군. 자, 다들 들어갑시다."

연준하는 여전히 시키는 대로 하겠다는 듯 구멍 속으로 쏙 들어가버렸다.

관치가 뭔가를 요구할 때면 매번 시큰둥한 표정을 짓거나 투덜대던 연준하가 갑자기 착한 아이라도 된 것처럼 말을 잘 듣자 사람들은 어이없는 표정을 지었다.

"어이, 관치, 사고 내지 말고 잘 살아서 꼭 돌아오라고. 문 열어줄 사람이 없으면 우리도 끝장이니까."

"이봐요, 꼭 그렇게 말을 해야겠어요?"

미란은 연준하의 얄미운 행동에 미간을 찡그렸다.

"아니, 그럼 악담이라도 퍼부을까요? 어차피 지금 상황에선 이게 최선인 것 같은데 눈치껏 따르는 것도 그를 돕는 겁니다."

"하지만……."

미란은 뭔가 다시 말을 꺼내려다 그건 아니다 싶었는지 입을 다물어버렸다.

관치는 네 사람 모두 구멍 안으로 들어가자 기관을 작동시켜 바닥을 닫아버렸다. 이제 누군가 전각 안에 들어와도 모두 도망을 갔다 생각할 것이다.

"나는 저들이 도망을 갔다고 믿을 정도의 시간을 벌면 되겠군."

관치는 몸의 근육과 관절을 몇 차례 풀어주더니 전각 문을 열고 밖으로 걸어 나갔다.

외전 - 그리고 그들만의 사정 (1)

 관치가 전각 밖으로 나간 데까지 이야기하던 관치가 잠시 말을 멈추자 사람들은 '아니 왜?'라는 표정을 지었다. 그동안은 관치의 무공이나 대결 장면이 한 번도 제대로 나온 적이 없었지만 이번엔 어쩔 수 없이 그의 능력이 공개될 것이라 기대를 한 것이다.
 "소피가 마려워서 그런데… 잠시 쉬었다 하면 안 될까요?"
 "……."
 "저 여기 온 뒤로 한 번도 볼일을 못 봤지 않습니까. 중간중간 그냥 참아버렸는데 한계가……. 끙."
 "그렇게 합시다. 다들 볼일이 있는 사람들은 지금 다녀오면 되겠군요."

진하석 역시 볼일을 보고 싶다는 생각이 들자 잠시 쉬었다 하는 게 좋겠다고 했다.

진하석의 말이 끝남과 동시에 관치는 급한 걸음으로 공동 변소가 되어버린 언덕 위로 달려갔고, 용문진이 그 뒤를 따랐다.

잠시 뒤 연준하와 그의 사제 역시 자리에서 일어나더니 언덕 쪽으로 걸음을 옮겼고, 표사들과 쟁자수들도 미리 일을 보는 게 좋겠다 싶었는지 우르르 언덕 쪽으로 모여들었다.

허리춤을 풀고 길게 한숨을 내쉬던 관치는 옆으로 용문진이 자리를 잡자 의미심장한 말을 꺼냈다.

"거의 이기신 것 같은데, 확실히 절반은 저에게 주시는 겁니다."

"물론이오. 기본 골격은 바꾸지 않으면서도 이야기를 그렇게 끌어갈 수 있다니 내 진정 감탄했소."

용문진은 은자 절반은 자신의 것이라는 관치의 말에 당연한 소리라며 고개를 끄덕였다.

"마지막까지 잘 부탁드리겠소. 누이 좋고 매부 좋은 일이니 잘해봅시다."

"나야 어차피 하는 이야기, 돈도 벌고 좋지요. 종남 검객께서는 연준하 그놈이 이야기에 끼어들지 않게 잘 좀 조절해 주시오."

"알았소. 나도 노력하리다."

용문진은 관치의 말에 흡족한 표정을 짓더니 다른 사람들이 오기 전에 급히 자리를 떴다. 그리고 용문진이 있던 자리에 연준하와 그의 사제가 자리를 잡자 관치가 고개를 돌려 그들을 바라봤다.

 "어디서 어디까지 이야기를 들었는진 모르겠지만 서로 방해는 하지 맙시다."

 연준하는 관치의 오줌 줄기보다 더 길고 높게 소변을 누면서 느긋하게 입을 열었다.

 "당신이야말로 나에게 일을 시켜 놓고 그런 식으로 나오면 안 되지. 잔금 때문에 모르는 척 넘어가고는 있지만 정말 그러지 맙시다."

 연준하는 일을 시켰으면 일할 기회를 줘야지, 그런 식으로 다시 빼앗아가는 법이 어디 있냐며 따져 물었다.

 "어허, 이 사람 정말 사람 잡겠네. 난 당신에게 그런 이야기 해달라고 말한 적이 없다니까."

 관치는 정말 억울하다는 듯 연준하를 바라봤다.

 "무슨 사정이 있어서 그런 것 같은데, 아무튼 무당에 도착하면 잔금이나 확실히 치러주시오."

 연준하는 다 이해한다는 듯 고개를 끄덕거리더니 바지춤을 몇 차례 털어내고 다시 자리로 돌아가버렸다.

 "이보시오, 분위기를 보니 진짜 사제지간 같던데, 저 연준하라는 사람에게 똑똑히 전해주시오. 난 뭔가를 사주한 적도 없고, 또 잔금 같은 걸 줘야 할 이유도 없으니 생사람 잡지 말라고."

"난······."

"응? 뭐라고 했소. 소리가 작아서 안 들리오."

"난 상관 않는다 했소. 필요하면 직접 말하시오."

연준하의 사제 역시 볼일이 끝났는지 바지춤을 털더니 그대로 돌아가버렸다.

"이런, 쌍. 뭐 저런 자식들이 다 있어."

관치는 자신의 말을 모조리 씹어버리는 두 사람을 보며 욕지거리를 내뱉었다.

"이보게, 관치, 정말 저들과 아무런 관계가 없는 건가?"

쟁자수 하나가 '진짜로?' 하며 질문을 던졌다.

"아, 그렇다니까요. 그리고 연준하 저놈이 자꾸 이야기를 빼가는 바람에 제가 돈을 못 받게 되면 어떻게 합니까? 나도 일정량을 채워야 일이 끝나는데 말입니다."

"그런데 자네는 누구에게 이런 이야기를 하라고 부탁을 받은 건가?"

"저요?"

"그래. 연준하는 자네가 시켰다고 하지 않았는가. 그렇다면 자네도 누군가 시킨 사람이 있을 것인데, 그게 누구냐 말이지."

"그게······."

"왜, 말하기 어려운 건가?"

"아니요. 어려운 건 아닌데 들으시면 어이없으실 것 같아서……."

쟁자수는 이 상황에 어이없고 말고 할 것도 없다며 이야기해보라고 했다.

"사실 저는 연준하에게 부탁을 받은 상황이라……."

"……."

"봐요. 괜히 이야기하라고 해가지고는 그 표정은 뭡니까?"

관치는 드디어 볼일이 끝났는지 몸을 부르르 떨면서 억울한 표정을 지었다.

"아니, 그게 말이 되는가? 연준하는 자네가 시켰다고 하고, 자네는 연준하가 시켰다고 하니."

"그래서 더 열 받는 것 아닙니까. 사실 아까 묶여 있을 땐 확 불어버릴까 생각도 했는데, 그 상황에 그런 말을 했다간 더 이상해질 것 같아 참은 것뿐입니다."

"허허, 그것참. 뭐가 어떻게 된 건지 모르겠군."

"제 말이 바로 그 말입니다."

관치는 여전히 억울한 표정을 하고 볼일이 끝난 쟁자수들과 이런저런 이야기를 나누며 다시 자리로 돌아갔다.

뒤늦게 언덕에 나타난 표사 하나가 다른 이들과 달리 저 끝 쪽으로 자리를 잡더니 바지춤을 풀며 입을 열었다.

"아무래도 여긴 없는 것 같습니다."

"으으, 정말이냐?"

뭔가에 찌든 듯한 목소리가 언덕 밑에서 들려왔다.

"그런데 이상한 자가 하나 나타났습니다."

"뭐? 누가 또 나타났는데?"

언덕 밑의 흑의인은 이젠 지친다는 듯 또 누가 나타났냐며 짜증을 냈다.

"그게 종남파 사람이라는데……."

"그런데?"

"이름이 용문진입니다."

"용문진? 어어… 그건."

흑의인은 왜 용문진이란 이름이 거기서 나오느냐며 어리둥절한 목소리가 되었다.

"그러니까 이상하다는 것 아닙니까. 혹시 주군이 여기에 오신 겁니까?"

"설마. 주군이 뭐 하러 이런 곳에 나타나겠냐?"

흑의인은 말도 안 된다며 단정을 지어버렸다.

"그렇죠?"

오줌을 누던 표사 역시 그건 좀 아니라는 듯 고개를 끄덕거렸다.

"너도 눈이 달렸으니 그 종남파 검객의 얼굴을 봤을 것 아니냐. 설마 주군의 얼굴도 모르는 건 아니겠지?"

"그게… 제가 눈이 나쁘지 않습니까. 사실 그것 때문에 한

직으로 밀려나 이렇게 있는 건데, 모르고 계셨습니까?"

"네가 눈이 나쁜 것하고 주군의 얼굴을 모르는 것하고 무슨 상관인데?"

"최소한 이 장 거리는 되어야 사람 얼굴이 정확히 보이는데, 주군을 가장 가까이에서 본 것이 최소 삼 장 거리여놔서……."

표사는 애매모호하다는 듯 고개를 갸웃거렸다.

"그러니까 네 말은 거기에 주군이 와 계신다 해도 알아볼 수 없다는 뜻이네?"

"뭐, 말하자면 그렇다는 거죠."

흑의인은 주군의 얼굴도 모르는 놈이 어떻게 아직까지 조직에 남아 있는지 모르겠다며 짜증을 냈다.

"두고 봐라. 이번 일만 끝나면 네놈과 다시는 조를 짜지 않을 테니. 그건 그렇고 어디 다른 곳에서 소변 좀 볼 수 없나? 꼭 여기서 소변을 봐야 해?"

흑의인은 대화를 나눌 곳이 하필이면 공중변소냐며 미치겠다는 표정이 되었다.

"다들 싸는 데 싸야지, 나 혼자 엉뚱한 곳에 돌아다니면 의심을 사지 않겠습니까?"

표사는 그건 아니 될 말이라며 바로 고개를 흔들어버렸다.

"아무리 그래도 그렇지."

"거기다 근처에 숨을 곳이라곤 여기밖에 없지 않습니까?

혹 어디 숨을 데라도 있습니까?"

"그건 아니지만……."

"그럼 좀 더 참아보십시오. 지금 중원 무림이 우리에게 오느냐 마느냐의 상황인데 그 정도는 인내해야죠."

"……."

흑의인은 '그럼 네놈이 여기 내려와 봐라!' 라고 외치고 싶었지만 상황이 상황인 만큼 뭐라 할 말이 없기는 마찬가지였다.

"그런데 정말 주군이 온 건 아니라는 거지?"

"설마요. 그리고 주군이 왔다면 저 상황에 참을 리도 없을 것이고……."

"그건 또 무슨 소리냐?"

흑의인은 위에서 벌어지고 있는 일이 정말 궁금했는지 꼬치꼬치 캐물었다.

"아, 글쎄 관치 저 사람이 하는 이야기 속에 주군과 우리들이 등장을 했는데."

"했는데?"

"그 제갈세가에 갔을 때 일 있지 않습니까."

"아, 그래. 그 이야기 나도 들은 것 있다. 그런데 왜?"

"뭐, 나도 직접 본 것은 아니지만 제갈세가에서 주군이 망신 좀 당하고 실려 나왔다는 건 모두 아는 사실 아닙니까."

"그렇지."

"그런데 그 이야기 중에 내기가 걸렸다는 것 아닙니까."
"내기?"
"용문진이 제갈세가에서 바보짓을 하는지, 아니면 그럴 수밖에 없었는지 뭐 이런 식의 내기입니다."
"뭐야! 감히 주군의 일을 두고 그따위 내기를?"
"내 말이 그 말입니다. 만약 정말 주군이 여기에 있었다면 그 성질머리에 가만있었겠냐, 이 말입니다."
"음… 그래. 절대 가만있을 분이 아니지. 모조리 죽여 버리고 아무 일도 없었다는 듯 돌아다니고도 남지."
"그렇지요. 그러니 종남파에서 왔다는 용문진은 우리 주군 용문진이 아니다, 이런 결론이라는 거죠."
"그렇다면 여기 용선표국에 관치 그자와 관련된 사람은 한 명도 없다는 뜻이군."
"뭐, 아직까지는 그렇다고 봐야죠."
"아니면 아니지 아직까지는 또 뭐야?"
"어허, 내가 말하지 않았습니까. 여기에 손소민이 있다고."
"그, 그래. 그랬지."
"그런데 그 손소민이 죽었다던 손소민이 살아 있는 것인지, 아니면 또 다른 누군가 손소민으로 변장하고 장난을 치는 것인지 그걸 아직 확인하지 못했다는 말입니다."
"젠장, 아무리 그래도 그렇지. 우리 조의 보고가 가장 늦은 것 같단 말이다."

 흑의인은 점점 걱정이 된다는 듯 살짝 언성이 높아졌다.

 "그렇게 걱정이 되면 잠깐 다녀오면 될 것 아닙니까. 현재 진행형도 보고는 보고니까요."

 "아……."

 흑의인은 그렇게 해도 문제는 없다는 생각에 '왜 그 생각을 못했지.' 하는 표정이 되었다.

 "쯧쯧쯧, 저러니 아직도 진급을 못하고 있지."

 급히 자리를 떠나는 상관의 모습에 표사는 고개를 절레절레 흔들며 돌아서버렸다.

 그렇게 모두들 볼일을 마치고 돌아가자 이번엔 지운과 손소민이 모습을 나타냈다. 서로 간에 별다른 말없이 볼일을 보던 두 사람은 약속이나 한 듯 서로를 마주 봤다.

 "당신……."

 지운이 먼저 입을 열었다.

 "말씀하세요."

 "손소민이 아니야."

 "왜 그렇게 생각하시는 거죠?"

 "잠시 잊고 있었던 게 하나 떠올랐거든."

 손소민은 무슨 소린지 모르겠다며 지운을 바라봤다.

 "손소민은 당문 혈사가 있던 날 검상을 입었다는 걸 알고 있겠죠?"

"당연히 제 일이니 모를 리 있겠습니까?"

"그렇지. 당연히 당신이 손소민이라면 모르면 안 되는 부분이지. 그런데 재미있게도 당사자인 당신보다 내가 아는 게 더 많은 것 같아서 말이야."

"의도를 모르겠군요."

손소민은 여전히 지운이 무슨 말을 하는지 모르겠다는 듯 고개를 갸웃거렸다.

"좋아. 당신 스스로 손소민이어야 한다면 그럴만한 이유가 있을 것이니, 이 정도에서 묻어두지."

손소민은 여전히 어리둥절한 표정을 지으며 지운이 왜 이런 말을 하는지 모르겠다는 표정이 되었다.

"만에 하나 위험한 일이 생기면 내 곁으로 오도록 당신이 손소민이든 아니든 그 사람과 관계가 있다면 모른 척할 수는 없으니 말이야."

지운은 그 말을 끝으로 막사 쪽으로 걸어가버렸다.

4권에 계속

5
작업실 Story

**누구나 그렇겠지만
특히, 이쪽 분야는 마감 때가 되면
전쟁이다.
그리고...**

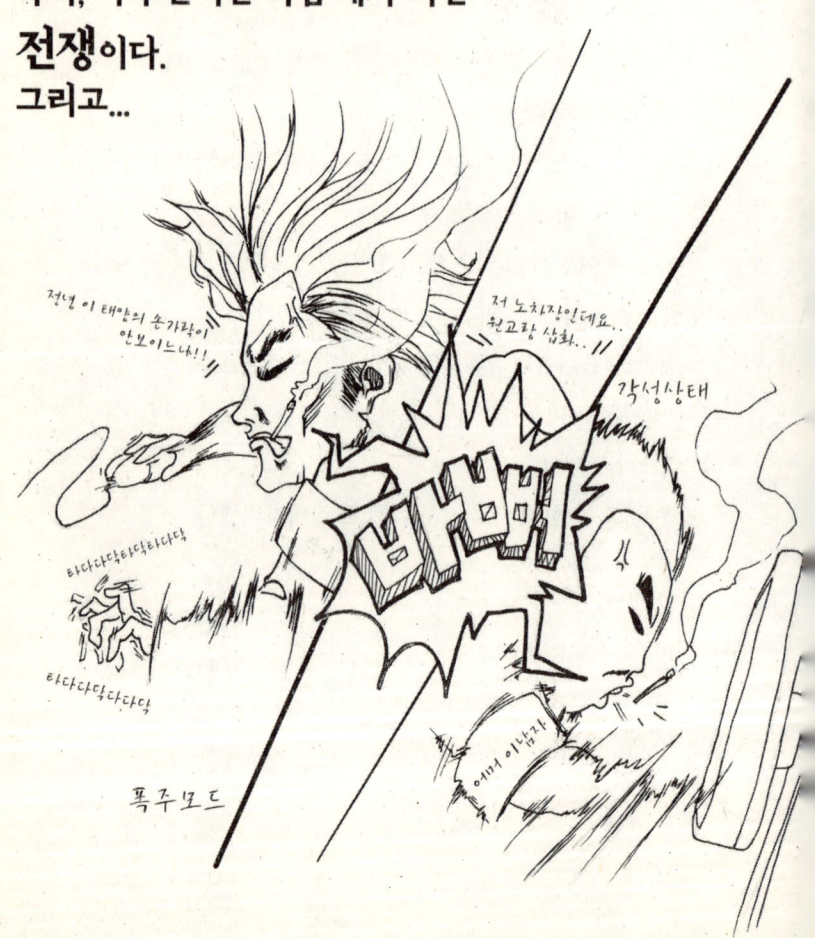

7

작업실 Story

www.mayabook.co.kr

www.mayabook.co.kr